SUPERNATURAL

Bën Mähren Qadësh

Supernatural

Entre Anjos & Demônios

"Os segredos esotéricos da série Supernatural"

1ª edição

Gryphus Geek

Rio de Janeiro

Capa
Laércio Messias

Revisão
Vera Villar

Diagramação
Flex Estúdio

Adequado ao novo acordo ortográfico da língua portuguesa

CIP-BRASIL. CATALOGAÇÃO NA PUBLICAÇÃO
SINDICATO NACIONAL DOS EDITORES DE LIVROS, RJ

Qadësh, Bën Mähren
Q1s Supernatural : entre anjos e demônios : os segredos esotéricos da série / Bën Mähren Qadësh. - 1. ed. - Rio de Janeiro : Gryphus, 2019.

254 p. : il. ; 23 cm.
ISBN 978-85-8311-112-2

1. Cabala. 2. Misticismo - Judaísmo. I. Título.

18-49271 CDD: 296.16
CDU: 26-587

Meri Gleice Rodrigues de Souza - Bibliotecária CRB-7/6439
25/04/2018 02/05/2018

GRYPHUS EDITORA
Rua Major Rubens Vaz, 456
Rio de Janeiro, RJ - 22470-070
Tels: +55 (21) 2533-2508 / 2533-0952
www.gryphus.com.br - e-mail: gryphus@gryphus.com.br

Sumário

Roma – morada dos demônios

Gates of hell

Hitler

O Midrash & os demônios

Unhas e demônios

Início

"Pois não é contra carne e sangue a nossa guerra, mas contra os Ministros celestiais e Governadores sobrenaturais, contra os Próceres nas trevas deste mundo, contra os Espíritos malignos nas alturas".

Efésios 6:12

Este livro foi compilado a partir do conhecimento ao longo da vida e de 18 anos como professor da mística hebraica chamada comumente de cabala, e que, de acordo com o Zohar Sagrado, se chama também Dere'k Nistar, cujo significado é Caminho Oculto.

Alguns dos textos aqui não são de minha autoria, mas emprestados de outros autores e compiladores, citados nesta obra. Foram encontrados após extensa e profunda pesquisa, a que eu chamo de arqueologia mística digital. Apesar de profunda, esta pesquisa não foi difícil de ser realizada, uma vez que a experiência como professor de Qabalah e o conhecimento do Tana'k (Bíblia hebraica), do Zohar, do Talmude, do Midrash e outros textos judaicos, me forneceram a direção para construir esta obra esotérica. As fontes estão listadas em cada assunto.

A ideia de escrever e compilar esta obra me ocorreu após o convite dos organizadores da Roadhouse Convention Brasil, Luciana Kley e

Alexandre Kley, para palestrar na Convenção dos Fãs de *Supernatural*, o que aceitei com entusiasmo, uma vez que também sou um fã incondicional da série, assistindo aos episódios juntamente com meu irmão Ariêh, sempre que estamos juntos.

O evento acabou não se realizando, devido às manifestações populares contra a corrução política naquele ano, mas serviu como inspiração para esta obra.

A cabala

Dez gerações depois de Noé, Abraão nasceu, filho de Terach, na Mesopotâmia. Terach foi um idólatra que viveu no reino governado pelo rei Nimrod. Com três anos de idade, Abraão instintivamente sentiu que era ilógico adorar estátuas de madeira e pedra. Sua mente começou a explorar a espiritualidade, e, ao longo do tempo, ele finalmente se convenceu da noção do monoteísmo, um Deus, um Super Ser que é onipotente.

Desde o início, Abraão lutou contra a corrente predominante - um atributo herdado pelos seus descendentes.

Ele foi apelidado de "o Ivri" ("aquele que veio do outro lado"), porque o mundo inteiro estava de um lado e ele estava do outro. Nimrod lançou-o em uma fornalha ardente por causa da sua crença herética, mas ele surgiu milagrosamente ileso de dentro da fornalha, e começou a proclamar suas convicções em público. Abraão foi um grande filósofo, astrólogo e astrônomo. O Talmude ensina que, "Abraão realizava consultas astrológicas e todos os reis do leste e do oeste surgiam cedo na sua porta". Mudou-se para Haran, e, aos 75 anos de idade, Deus falou com ele pessoalmente pela primeira vez e encarregou-o de abandonar sua terra natal e entrar na Terra Santa. Quando Deus revelou-se a Abraão, uma das primeiras coisas que Ele lhe disse foi qual era o seu destino, e que seus descendentes transcenderiam a influência das constelações. Por isso, Abraão não devia estar preocupado com previsões astrológicas.

Foi na Terra Santa que ele se encontrou com Malki Tsedek, rei de Shalem, que era um sacerdote de Deus, o Altíssimo (Gênesis 14:18). Nossos sábios identificaram Malki Tsedek como Sem, o filho de Noé. Há evidências de que a tradição mística foi ensinada a Abraão por Sem. De acordo com algumas autoridades, Abraão é o autor do *Sefer Yetzirah* (*O livro da formação*), uma das obras fundamentais da cabala.

O Talmude afirma que Abraão, Isaac e Jacó estudaram na Escola de Mistérios de Sem e Éber. O Talmude ainda proclama que os patriarcas mantiveram toda a Torá antes que ela fosse dada a Moisés. Como foi isto possível? Os cabalistas explicam que eles mantiveram a Torá, em sua forma espiritual, pois foi só posteriormente, através de Moisés, que a instrução da Torá se tornou manifesta no mundo físico. Os patriarcas, porém, estavam bem conscientes do fluxo espiritual afetado pela observância das *mitzvot*. O Zohar compara o episódio bíblico de Jacó com as varas, calhas, ovinos listrados com o *mitzvah* da colocação dos *tefilin*. Ambos obtiveram uma emanação divina semelhante, porém, após o Sinai, foi a vontade divina que este fluxo espiritual fosse canalizado através de um par de *tefilin* físicos.

Abraão era também plenamente consciente da utilização da magia e idolatria que poderiam ser desenvolvidas a partir desses mistérios elevados, e o Talmude afirma que ele tinha um tratado de como lidar com idolatria que continha 400 capítulos. Existe também um ensino talmúdico que explica que Abraão ensinou os mistérios para os filhos de suas concubinas. Este se baseia no verso, "para os filhos das concubinas deu Abraão presentes, e ele mandou-os embora... às terras do Oriente (Gênesis 25:6)". Estes dons constam de mistérios ocultos, que se espalharam no leste da Ásia. Não é de admirar que, em muitas das religiões orientais, encontramos paralelos com ensinamentos cabalísticos. Um dos exemplos mais simples e marcantes da transmissão do oculto é que cada criança que conhece um mago usa a expressão "abracadabra". Essa expressão mágica não é senão uma extensão do aramaico hebraico "abra" - eu criarei, "k›adabra" - como falo (hebraico: *Ani bara cmô davar*), que se refere ao conhecimento de como criar utilizando letras e nomes documentados no *Sefer Yetzirah*.

Abraão estendeu o comprimento e a largura do terreno, proclamando a sua convicção, e ele foi tão bem-sucedido que converteu milhares ao monoteísmo. Seu método foi a bondade: criou uma hospedaria e, após alimentar os hóspedes, ele os apresentava à verdadeira crença.

Abraão converteu os homens e Sarah as mulheres, e juntos trouxeram muitas almas sob as asas da Shechinah (Presença Divina).

Este trabalho foi continuado por Isaac, o segundo filho, que nasceu milagrosamente após a circuncisão de Abraão, o que implica que a sua futura progenia seria circuncidada e iria sobreviver milagrosamente. Isaac exibiu surpreendente contenção e autossacrifício no evento da Akedah (o sacrifício de Isaac). Esses atributos foram para sempre gravados na alma judia. Jacó, o filho de Isaac, estudou na Escola de Mistérios de Shem e Éber 14 anos antes de se iniciar sua perigosa viagem de volta à Mesopotâmia para a propriedade de seu tio Labão. Sobre esta viagem, durante o sono, no lugar que viria a ser o Monte do Templo, ele teve o sonho da escada e os anjos, um sonho cheio de mistérios que a Qabaláh explicaria em mais de um capítulo. No exílio ele levanta as 12 tribos e, posteriormente, retorna, apenas para ser mais contestado. Eventualmente, desce para o Egito, onde estabelece uma Casa de Estudo dos Mistérios, onde especificamente instrui seu filho Levi, na tradição, e da tribo de Levi se tomam os sacerdotes israelitas. É aqui que o destino se define para o bisneto de Levi, Moisés, de resgatar os filhos de Israel da escravidão egípcia.[1]

As origens da cabala

O primeiro livro cabalístico conhecido tem o nome de *Sefer Raziel Ha'malach – O livro do anjo Raziel.* Esta foi a primeira obra estudada por Adão no Jardim do Éden, e que depois foi passada para os seus descendentes, como Enoque e Noé.

O segundo livro mais conhecido é o *Sefer Yetzirah*, ou seja, *livro da formação.* Sua autoria é conferida a Abraham, o grande patriarca, nosso Pai e primeiro monoteísta, remontando a quatro mil anos passados. Nesse livro estão codificados os segredos que regem o universo. Baseando-se na ciência, Abraão foi o primeiro físico quântico da história. Nesse livro está contida a fórmula $E = mc^2$.

---

[1] Fonte: <www.chabad.org>.

O terceiro livro mais importante da Sabedoria Escondida é o *Sefer a Bahir – O livro da iluminação*. Ele é chamado assim porque pode cegar aquele que se aventurar a estudá-lo.

O quarto e mais conhecido livro da cabala é o Zohar – *O livro do esplendor*, que veio 2 mil anos após a era de Abraão. Escrito pelo Rabi Shimon Bar Yochai, diz a história que Rabi Shimon fugiu com o filho porque ele matou um soldado romano, assassino de seu mestre.

Durante a fuga, escondeu-se em uma caverna com o filho. Durante 13 anos ficaram confinados nesta caverna. Duas vezes ao dia, o profeta Eliahu aparecia para entregar os ensinamentos da Cabala. Em todo esse tempo eles escreveram o Zohar, contendo todos os ensinamentos da Cabala.

No ano de 1270,[2] o Rabi Moshe de Leon descobriu o Zohar, transcrevendo-o. O Zohar explica que existem quatro níveis de compreensão. A abreviação é PARDES.

Nome	Hebraico	Signifcado	Letra
P'shat	פשט	Literal	P
Remez	רמז	Alusão	R
D'rash	דרש	Explicação	D
Sód	סוד	Segredo	S

P'shat é o simples, captado pelos cincos sentidos; *remez* são as metáforas e alusões, alude ao que tem que ser entendido no interior das coisas; *d'rash* são os *Midrashim* (interpretação da Torá).

Esses três métodos são a vestimenta com a qual a Torá é vista no mundo físico. O último e mais completo nível, *sod*, só pode ser acessado pelos cabalistas. Séculos depois, em meados de 1560, o Rabi Isaac Luria, o Leão de Safed, recebeu de Rabi Shimon e Rabi Akiva todos os ensinamentos do Pardes. Rabi Isaac Luria decifrou todo o Zohar, dando-lhe estrutura e organização.

Sobre o *Sefer Raziel há'malach*, nós encontramos no Santo Zohar:

[2] Como o calendário gregoriano está errado em quatro anos, o ano correto em que Rabi Moshe de Leon descobriu o Zohar foi 1266, exatos 12 séculos, como o próprio Zohar havia predito.

"'Este é o livro': literalmente, como explicamos, quando Adão estava no Jardim do Éden, Deus lhe enviou um livro através das mãos de Raziel, o anjo encarregado dos mistérios sagrados. Neste livro havia inscrições superiores, contendo a sabedoria sagrada e 72 ramos de sabedoria expostos para mostrar a formação de 670 inscrições de altos mistérios. No meio do livro, havia um documento secreto que explicava as 1.500 chaves que não foram reveladas nem aos santos anjos, e que todos estavam encerrados neste livro até chegar às mãos de Adão. Quando Adão o pegou, todos os anjos o cercaram para ouvi-lo ler o livro, e quando ele começou, exclamou: 'Sê exaltado, ó Deus, acima dos céus, seja a tua glória sobre toda a Terra' (Salmo 57: 12). Então o anjo Hadraniel lhe foi secretamente enviado para dizer: 'Adão, Adão, não revele a glória do seu Mestre, porque só você, e não os anjos, tem o privilégio de conhecer a glória de seu Mestre'. É por isso que secretamente o manteve com ele até deixar o Jardim do Éden. Enquanto lá, ele o estudou com diligência e constantemente usou o dom de seu Mestre, até que descobriu sublimes mistérios que até mesmo os ministros celestiais não conheciam. Mas, quando ele transgrediu a ordem do seu mestre, o livro voou para longe dele. Então Adão bateu em seu peito e chorou, e entrou no rio Giom até o pescoço, de modo que todo seu corpo se enrugou e seu rosto ficou abatido. Então Deus enviou o anjo Rafael para lhe devolver o livro, que ele então estudou para o resto da vida. Adão deixou para seu filho Seth, que, por sua vez, transmitiu a sua posteridade e, assim, até chegar a Enoque, que atingiu o mais alto grau de consciência que nem Adão havia conseguido e, então, foi transformado no anjo Metatron e foi levado deste mundo. O livro chegou a Abraão, que aprendeu com ele como discernir a glória de seu Mestre, como já foi dito".

O Zohar

O Zohar (זהר) - *O livro do esplendor* - é considerado um dos trabalhos mais importantes da cabala, no misticismo judaico.

Trata-se de comentários místicos sobre a Torá (os cinco livros de Moisés) escritos em aramaico e hebraico medieval. O Zohar contém uma discussão mística sobre a natureza de Deus e considerações sobre a origem e estrutura do universo, a natureza das almas, o pecado, a redenção, o bem e o mal, e diversos temas relacionados.

O Zohar não é um livro, mas um grupo de livros que incluem interpretações bíblicas, assim como matérias sobre teologia, teosofia, cosmogonia mística, psicologia mística, e também o que alguns poderiam chamar de antropologia.

O Zohar teria aparecido primeiro na Espanha (ספרד),[1] no século XIII, e foi publicado por um escritor judeu, o rabino Moshe de Leon (Moshe ben Shem-Tov). De Leon atribuía o trabalho a um rabino do século II, Shimon bar Yochai, que foi uma verdadeira lenda judaica durante a época da perseguição romana. Dizia-se que o rabino Shimon teria se escondido em uma caverna por 13 anos, estudando a Torá com seu filho, Eleazar, e que, durante esse tempo, o rabino fora inspirado por Deus para escrever o Zohar. A obra teria permanecido oculta durante

[1] Sefarad.

muitos séculos, tendo sido publicada somente no século XIII, por Moshe de Leon.

Porém, um historiador do século XX, Gershom Scholem, com base em contos contemporâneos de De Leon e em evidências contidas nos textos do Zohar (sintaxes do idioma espanhol, por exemplo) concluiu que De Leon teria sido o seu verdadeiro autor. As suspeitas surgiram pelo fato de o Zohar se referir a eventos históricos de um período pós-talmúdico, embora supostamente o texto fosse de uma época anterior. Isto fez com que a autoria fosse questionada desde o início. Segundo a tradição, após a morte de Moshe de Leon, um homem rico de Ávila, chamado Joseph, ofereceu à viúva – que não tinha nenhuma forma de sustento, após o falecimento do marido – uma grande soma de dinheiro pelo original da obra, da qual seu marido havia feito uma cópia. Então, ela teria confessado que seu marido era mesmo o autor do trabalho e que, por várias vezes, ela havia perguntado o porquê de ele creditar os próprios ensinamentos a outro. O marido sempre respondia que as doutrinas de Shimon bar Yochai, se colocadas publicamente, poderiam ser um trabalho milagroso e também uma rica fonte de lucros.

A obra ainda suscita controvérsias entre os judeus ortodoxos e os não ortodoxos.

O livro selado

"Tu, porém, Dani'El, encerras as palavras e selas o livro, até o tempo do fim, muitos o esquadrinharão, e o saber se multiplicará" (Dani'El *péreq* 12, 4º *passuq*).

Esse tem sido um antigo e obscuro enigma, perseguido por muitos e penetrado por poucos, até agora. A maioria procurou interpretá-lo usando ferramentas limitadas e não apropriadas, outros criaram suas próprias ideias sobre este profundo mistério: "O livro selado". Estive meditando sobre este mistério, tentando penetrá-lo com esforço e temor, até que o "Tzadik Nistar" veio e contou-me sobre ele.

Qual seria este livro selado de Dani'El? A pergunta pode ser respondida e o seu mistério penetrado quando lemos o *passuq* 3º: "E os sábios brilharão como o 'esplendor' do firmamento, e aqueles que retornarem à justiça para muitos, serão como as estrelas para sempre".

No original hebreu a palavra "esplendor" é literalmente "Zohar", e aqui temos o mistério do livro selado e revelada a sua identidade: O Zohar - *O livro do esplendor.*

Muitas pessoas vão, é claro, questionar: "Mas o Zohar já existia no tempo de Dani'El? Não foi ele revelado ao Rabbi Shimeon bar Yochai na Palestina do século I?". A resposta surpreenderá a muitos: "Sim, o Zohar já existia no tempo de Dani'El, e este é o seu mistério".

O Talmude nos diz que, na primeira vez em que Moisés recebeu as Tábuas da Torá, ele recebeu "Seis Tábuas", e, após quebrá-las, na segunda vez em que subiu aos mundos celestiais para recebê-la novamente, recebeu "Cinco Tábuas", uma a menos que na primeira vez, e por quê? Porque uma foi escondida, pois esta, diferente das outras que eram a Torá Bereshit, a Torá Shemot, a Torá Vay'qrá, a Torá Bamidbar e a Torá Devarim, a sexta Torá era a Torá dos Mistérios, a Torá Sód, que fora escondida porque os hebreus tinham utilizado mal o seu conhecimento e sabedoria.

Alguém poderá estranhar essa surpreendente revelação: Seis Toratót? Seis Tábuas? Sim, é verdade, e é por isto também que a Torá é chamada de *Amudim vavim ou vovim* (*colunas de vavs*). Para aqueles que estudam as Oti'Ót (letras) Sagradas, é evidente que *vavim* e o plural de *vav*, que é a sexta letra do *Alef beit* (alfabeto hebraico), cujo valor numérico é 6, e tudo está atado a este mistério. Foram seis os dias da criação, Adão foi criado no sexto dia, o nosso glorioso Shabat tem início ao entardecer do sexto dia, e no Kidush recitamos o "Iom hashishi (O sexto dia)". Assim, o primeiro verso do Bereshit esconde este mistério da Torá celeste, a Torá dos mistérios, escondida e revelada para Dani'El e depois escondida novamente para ser revelada ao Rabbi Shimeon bar Yochai e escondida por 1.200 anos, revelada ao Rabbi Moshe de Leon e finalmente aberta no nosso tempo, na "Sexta-feira cósmica".

Diz o Bereshit (Gênesis): "*Bereshit bará Eloqim et ha-shamayim ve'et ha-aretz*" (No princípio Deus criou os céus e a terra).

בְּרֵאשִׁית בָּרָא אֱלֹהִים אֵת הַשָּׁמַיִם וְאֵת הָאָרֶץ׃

Acima, podemos notar claramente este mistério, onde o termo "*Et* (אֵת)" é a Torá dos Céus que possui seis livros (tábuas), e o segundo "*Et* (אֵת)" é a Torá da Terra, que possui cinco livros. Logo em seguida a "Et Ha-Shamayim (אֵת הַשָּׁמַיִם)" nós temos a "letra vav (ו)", revelando que esta Torá (תורה) dos Céus é a Torá de Seis Tábuas, e no final temos "Et Ha-Aretz (וְאֵת הָאָרֶץ׃), onde logo em seguida de "Et (אֵת)" temos a letra "Hê (ה)" cujo valor numérico é "cinco" e nos revela que esta Torá (תורה) é a Torá da Terra.

Os cristãos e o Zohar

Para os cristãos, aqueles que estão mais atados aos dogmas e separados da Sabedoria Divina, quero revelar que os primeiros *talmidim* (discípulos) estavam intimamente ligados à *Chochmat Nistar* (Sabedoria Escondida) e ao Zohar, mesmo no tempo em que ele ainda não havia sido revelado ao Rabbi Shimeon.

Na carta aos hebreus, o desconhecido autor diz no *passuq* 3º do péreq 1º: "Ele, que é o esplendor (זהר) da glória e a expressão exata do seu Ser, sustentando todas as coisas pela palavra do seu poder, depois de ter feito a purificação dos pecados, assentou-se à direita da Majestade nas alturas" (Hebreus, péreq 1, 3º *passuq*).

Ao contrário do que disseram os teólogos, exegetas etc., o verso não está falando de *Yeshua* (Jesus) e sim do "Zohar Qadosh". O texto original hebreu diz: "*Ve'hú Zohar kevodô...*". Literalmente está dizendo: "E ele, o Zohar da Glória d'Ele (Deus)...", e mais à frente diz "*col bi'devar guevuratô*", ou seja, "tudo pela palavra da Sua *guevurá* (Sephira da Árvore das Vidas)", e um pouco mais à frente diz "*yashev l'iamin ha'guedulá*", ou seja, "assentou-se à direita de guedulá (Sephira Chéssed da Árvore das Vidas)".

Portanto, o Zohar Sagrado é mencionado tanto no "Tanach" como na chamada "Brit chadashá", e talvez seja por isto que Paulo, o apóstolo, disse: "Eis que vos conto um mistério..." (*Ha-rishoná el ha-qorintiim* 15, 51º *passuq*). No original hebraico ele diz "*Hinêh sód agidá lachêm...*", fazendo uso do termo "*Sód* (Segredo/mistério)", que se refere à *Chochmat Nistar* (Sabedoria Escondida), e ainda usa o termo "aguidá", cuja raiz é a mesma de *agadah*, que alude a "contar algo que contém um mistério, um segredo místico".

Fazendo uso da *Chochmat Nistar*, Paulo diz: "Conheço um homem no Mashiach que há 14 anos foi ao 'terceiro céu'... foi elevado ao Paraíso" (*Ha-sheni el ha-Qorintiim* 12, 2º, 3º e 4º *pessuqim*).

Aqui Paulo está falando do Rabbi Akiva, pois, ao dizer que este homem esteve no Paraíso, usa o termo "PARDES (פרדס)" e não *Gan Éden* (Jardim do Éden)", e sabemos que somente quatro rabbis[2] estiveram no PARDES, e o único a sair ileso foi o Rabino Akiva, que viveu até os 120 anos.

Ainda, Paulo diz: "foi ao *raqia shilishi* (terceiro céu)", e este é o segredo do Zohar, conforme nos é dito por Dani'El e pelo próprio Zohar: "E os sábios brilharão como o 'esplendor' do firmamento, e aqueles que retornarem à justiça para muitos serão como as estrelas para sempre". Aqui claramente está indicado a "residência secreta do Zohar Santo quando em Dani'El encontramos "esplendor do firmamento". No original hebraico diz "*ka-Zohar ha-raqia...*" (como o Zohar do firmamento). O termo *Raqia* alude ao "terceiro céu", o qual o próprio Zohar revela ser o seu nome *Raqia* e a residência do próprio Zohar.

וְהַמַּשְׂכִּלִים יַזְהִרוּ כְּזֹהַר הָרָקִיעַ

Acima no texto hebreu, podemos notar marcado em cinza "Zohar" no verso 3 de Dani'El, capítulo 12. Portanto, agora sabemos que o Zohar fora mencionado na Bíblia e que Ele é a Torá dos Mistérios, a Torá dos Céus.

וְהַמַּשְׂכִּלִים יַזְהִרוּ כְּזֹהַר הָרָקִיעַ

---

[2] Quatro rabinos entraram no PARDES: Ben Azai, Ben Zomá, Acher e Rabi Akiva. Ben Azai olhou de relance e morreu; Ben Zomá olhou de relance e ficou louco. Acher tornou-se herege. Rabi Akiva entrou e saiu em paz."

Acima, temos novamente o *passuq* 3 original de Dani'El 12. Dentro deste *passuq* (versículo) soletrado a cada três letras encontramos "Zohar (זֹהַר)" como podemos ver em letras marcadas no texto.

Voltamos então ao *passuq* 4 do mesmo capítulo 12: "Tu, porém, Dani'El, encerras as palavras e selas o livro, até o tempo do fim, muitos o esquadrinharão, e o saber se multiplicará" (Dani'El *péreq* 12, 4º *passuq*).

וְאַתָּה דָנִיֵּאל סְתֹם הַדְּבָרִים וַחֲתֹם הַסֵּפֶר עַד־עֵת קֵץ

Contamos 53 letras a partir da letra *Resh* (R) de Zohar e encontramos a palavra *Sefer* (livro) com o artigo *hê* visto acima marcado. Juntando tudo, emprestando o artigo *hê* para o "Zohar", teremos em hebraico *Sefer ha'Zohar*, que literalmente é "O livro do Zohar".

"Muitos o esquadrinharão, e o saber se multiplicará..." – Hoje, o Zohar está sendo conhecido no mundo todo. Milhares de pessoas o estão estudando, examinando minuciosamente, que é o significado de "esquadrinhar", e o conhecimento das coisas antes secretas está nas bocas até mesmo dos pequeninos...

Sigilo de Metatron[3]

[3] Criado pelo autor.

Os homens das letras

Os homens das letras são "preceptores, observadores, espectadores, cronistas", de mistérios que não são facilmente explicáveis ou conhecidos pelos homens. Eles tinham conhecimento de mistérios do sobrenatural e muitas artes arcanas, como a alquimia. Eles consideravam os caçadores como uma classe inferior. Assim, sua ordem só compartilha seus segredos com os caçadores que eles consideram dignos.

A ordem foi identificada com a crista da Estrela de Aquário, um sinal de seis pontas[1] que representa grande magia e poder e foi ligado aos portões da Atlântida. A ordem foi liderada por anciãos, que guardavam seus segredos mais protegidos. Os membros da ordem foram ordenados pela linha paterna de sua família. Apesar do nome da ordem, os membros não são específicos de gênero, pois um de seus iniciados era feminino, embora a maioria deles fosse de homens.

Os homens das letras haviam sido muito ativos começando em um ponto não especificado no tempo. Sabia-se que, em 1958, possuíam um número significativo de membros, bem como armas e locais poderosos. Em algum momento, entre o final do século 17 e sua destruição, eles usaram sua força política para destruir o poder da Grande Coven, atacando a igreja em um frenesi e fazendo com que muitos dos melhores

[1] Uma alusão ao Hexagrama Sagrado e ao Escudo de David e de Salomão

membros da Grand Coven fossem queimados na fogueira ou forçados a se esconder. Os homens das letras tomaram os melhores feitiços e poções da Coven e os esconderam em seus *bunkers* em todo o mundo.

Quem eram verdadeiramente os homens das letras? Eles tiveram origem na antiga tradição do Jardim do Éden e no antigo Livro do Arcanjo Raziel que foi dado a Adão ainda no Éden e que era chamado *Sipra Razi'Ël ha'Malach* (*O livro do Arcanjo Raziel*) e também de *Sipra D'Adam* (*O livro de Adão*). Mais tarde, quando o livro chegou até Enoque passou a ser conhecido como *Sefer ha'Chanoch* (*O livro de Enoque*) e depois, nas mãos de Noé e seus filhos de *Sipra ha'Razim* (*O livro dos mistérios*). A antiga tradição do Jardim do Éden ficou conhecida como "A tradição da Atlântida".

Mais tarde o livro chegou às mãos do rei Salomão, que aprendeu dele todo o seu conhecimento e sabedoria.

O texto foi redescoberto no século 20 por Mordecai Margalioth, um estudioso judeu em visita a Oxford em 1963, usando fragmentos encontrados no Cairo Geniza. Ele postulou que vários fragmentos de literatura mágica judaica compartilhavam uma fonte comum e tinha certeza de que poderia reconstruir essa fonte. Conseguiu isso em 1966, quando publicou *Sefer há'Razim* (ספר ה'רזים). A primeira tradução inglesa do livro foi realizada por Michael A. Morgan, em 1983, e passou a ser impressa a partir do verão de 2007. Uma nova edição acadêmica dos principais testemunhos manuscritos existentes, incluindo fragmentos de Geniza hebraico e judaico-árabe e uma tradução latina do século 13 foi preparada por Bill Rebiger e Peter Schäfer, em 2009, com planos para uma tradução e comentário em alemão.

Os homens das letras eram os cabalistas, pessoas versadas nos segredos da Sabedoria da Cabala e que no passado foram chamados de *me-tzarefim* titulo que foi traduzido para "ourives" para esconder o segredo de suas identidades.

כִּי־הוּא כְּאֵשׁ מְצָרֵף וּכְבֹרִית מְכַבְּסִים

"Mas quem suportará o dia da sua vinda? E quem subsistirá, quando ele aparecer? Porque ele será

> *como o fogo do ourives e como a lixívia que retira toda a impureza. E será como o fundidor e purificador de prata; e purificará os filhos de Levi, e os refinará como ouro e como prata; então ao Senhor trarão oferta em justiça".*
>
> MALAQUIAS 3:2,3

A tradição do Jardim do Éden passou de geração a geração até chegar ao patriarca Jacó, que a deu a seu filho Levi e este se tornou o principal guardião dos segredos das Letras Sagradas. De Levi veio Amram e este foi pai do senhor de todos os profetas: Moisés!

Os homens das letras também ficaram conhecidos durante os séculos pelo título hebreu *Giborim há'Tzerufim* que significa "os permutadores", pois eram os entendidos nos segredos das permutações do alfabeto Sagrado e dos Nomes Divinos, que eram também usados em rituais de exorcismos.

O autor desta obra é um dos poucos conhecidos no Brasil como sendo um homem das letras e um guardião da antiga tradição do Jardim do Éden.

Advertência

Sabedoria não é para todos...

Tenho avisado há tempos: "Felizes são aqueles que se dedicam ao estudo da Torá! Não pense, porém, que isso se aplica até mesmo para alguém que não é um verdadeiro sábio. Não, não é isso. Quando alguém, que é um estranho para os mistérios da Torá, faz descobertas baseadas em compreensão incompleta, esta "interpretação/palavra que surge, e se encontra com o Perverso, o Demônio da língua falsa, emergindo da caverna do Grande Abismo e salta 500 parasangas[1] e se ata a esta palavra e retorna com ela para sua caverna, ele a modela e cria um céu chamado Tohu (caos)". Em seguida, um demônio salta sobre todos os céus, um espaço de seis mil parasangas. Logo que o céu criado por esta falsa interpretação é firmado, emerge uma prostituta (espírito feminino) e domina sobre este céu, e se junta a ela e às forças demoníacas, e então ela mata milhares e dezenas de milhares de pessoas, porque, enquanto alojado neste céu, tem autoridade e poder para saltar através do mundo inteiro em um piscar de olhos. Isso está implícito nas palavras: "Ai dos que maquinam a iniquidade com cordas da vaidade"

[1] Parasanga é uma antiga unidade de medida persa de percurso (itinerária), que correspondia a aproximadamente 5.940 metros. Pode ser referida como equivalente a 30 ou 40 estádios (medida grega), sendo que um estádio é igual a 177,6 metros.

(Isaías 5:18). A iniquidade vem da palavra hebraica, *Avon* que é masculina e se refere ao Diabo (excerto do Zohar "Prólogo").

Sabedoria não é para todos, porque nem todos estão destinados a ela. O verso de Isaías diz "com cordas da vaidade" e se refere àqueles que, motivados pelo ego, se fazem de "professores" da Sabedoria, sem, no entanto, possuírem a "alma" de um "professor da Torá".[2]

Sigilo Ariel[2]

[2] Escrito pelo autor.

Conjuração

Oração dos homens das letras

"Be'Shem Adonai Elohê Yisrael: Mimini Michael, u'mi'semoli Gavriel, u'mi'lefanai Nuriel, u'me'achorai Refael ve'al'roshi Shechinatiel"

"Em Nome do Tetratragrama Sagrado A minha direita o arcanjo Michael, a minha esquerda o arcanjo Gabriel, a minha frente o arcanjo Nuriel, atrás de mim o arcanjo Rafael e sobre a minha cabeca para a Shechiná do El".

קְרָאתִיךָ הוֹשִׁיעֵנִי וְאֶשְׁמְרָה עֵדֹתֶיךָ׃

Keratícha hoshiêni, ve'eshmerá edotêcha

"Invoquei o Teu Nome, salva-me para que eu guarde os Teus testemunhos"

סִתְרִי וּמָגִנִּי אָתָּה לִדְבָרְךָ יִחָלְתִּי׃

Sitri umaguini áta, lidvarechá yichálti

"Meu refúgio e meu escudo protetor, em Tua palavra deposito esperança"

טוֹב־לִי תוֹרַת־פִּיךָ מֵאַלְפֵי זָהָב וָכָסֶף׃

Tov li torat pícha, mealfê zahav vachássef

"Melhor é para mim a Intrução Divina da Tua boca do que milhares de ouro ou prata."

יָדֶיךָ עָשׂוּנִי וַיְכוֹנְנוּנִי הֲבִינֵנִי וְאֶלְמְדָה מִצְוֺתֶיךָ

"Iadêcha assúni vaichonenúni, havinêni veelmeda mitsvotêcha"
"As tuas mãos me fizeram e me formaram; dá-me inteligência para entender os teus mandamentos."

אַשְׁרֵי נֹצְרֵי עֵדֹתָיו בְּכָל־לֵב יִדְרְשׁוּהוּ׃

Ashrê notserê edotav, bechol lev yidreshúhu
"Bem-aventurados os guardiões dos Teus testemunhos, e que os escrutinam com todo o coração."

לְמִשְׁפָּטֶיךָ עָמְדוּ הַיּוֹם כִּי הַכֹּל עֲבָדֶיךָ׃

"Lemishpatêcha amedu haiom, ki hacol avadêcha"
"Eles continuam até o dia de hoje, segundo as tuas ordenações; porque todos são teus servos."

As letras iniciais nos seis versos desta oração soletram e conjuram o Anjo Castiel.

קסטיאל

Abertura

Supernatural[1] (Sobrenatural), é uma série produzida pelo canal norte-americano The WB, e atualmente faz parte da programação do canal norte-americano The CW. Estrelado por Jared Padalecki, como Sam Winchester, e Jensen Ackles, como Dean Winchester. A série narra a história de dois irmãos que caçam demônios e outras criaturas sobrenaturais. No começo foi descrita como uma mistura de *Arquivo X e Rota 66*. A série é produzida pela Warner Bros Television em parceria com a Wonderland Sound and Vision. Os produtores executivos são Eric Kripke, McG e Robert Singer.

A série é filmada em Vancouver, no estado da Colúmbia Britânica, no Canadá. O episódio-piloto foi visto por mais de 5,69 milhões de telespectadores. O sucesso dos quatro primeiros episódios levou o canal The CW a produzir 22 episódios para a primeira temporada. Originalmente, Kripke planejou a série para três temporadas, e depois expandiu para cinco. A quinta temporada estreou em 10 de setembro de 2009, e encerrou o enredo principal da série. No entanto, a CW confirmou a renovação da série para uma sexta temporada no dia 16 de fevereiro de 2010 e Eric Kripke confirmou que não voltaria à série como *showrunner*, e sim apenas como produtor executivo. Sera Gamble, substituta de Kripke no papel de *showrunner*, declarou que a sexta temporada iria fo-

[1] Fonte: Wikipédia.

car no relacionamento dos irmãos Winchester. Em 26 de abril de 2011, novamente a série foi renovada para a sétima temporada.

É exibida no Brasil pelo canal a cabo Warner Channel e pelo canal aberto SBT, e em Portugal, pelos canais pagos AXN e Animax, e pelo canal aberto RTP 2.

Atualmente no Brasil o seriado faz grandioso sucesso, assim dando início a vários *sites* sobre o assunto e também a fóruns de RPG.

Em 11 de fevereiro de 2013, a The CW confirmou a reedição da 9ª temporada da série *Supernatural* e que agora exibe a 13ª temporada, já tendo confirmada a 14º.

A série está repleta de mistérios da Sabedoria do Zohar, codifica em livros antigos e mesmo na própria Bíblia sobre as criaturas da escuridão, anjos e demônios, *dibbukim* etc.

A tarefa aqui será expor esse conhecimento e suas fontes, compartilhando com o leitor e fã da série esta sabedoria que outrora fora usada pelo rei Salomão e por dezenas de Rabis místicos no passado.

Vamos lá, *Hunters*, nosso Impala está nos esperando. Embarquem comigo pela Rota 66, caçando o conhecimento com o qual poderemos nos proteger.

O Autor

Sigilo Rafael

A importância de *Supernatural*

Houve, no passado, quatrocentos anos distante da nossa geração, um sagrado e místico professor do Caminho Oculto e que foi o único a mencionar o Anjo Castiel em seus escritos. Seu nome era Rabi Chaim Vital[1].

O sagrado mestre Chaim Vital, deixou códigos para que se pudesse reconhecer a época em que sua alma estaria no mundo novamente e seriam abertas as Fontes da Primavera (A era messiânica). Vital, o autor do *Sha'ar Há'Guilgulim*[2], não sabia que voltaria ao mundo e em que época sua alma reencarnaria? E conhecendo este segredo ele deixou escrito uma pista em seus escritos.

Em 1577 ele teve um sonho e relatou nele um nome que o mundo nunca ouviria ser mencionado até o ano de 2005. Eis o sonho:

"Sexta à noite, aos vinte e sete de Nisan, 5337. Eu acordei e estava muito angustiado. Voltei a dormir e viu meu professor, o Arizal (Rabino Isaac Luria). Ele me disse. "O tempo ainda não chegou sobre o que te ordenei quando eu estava vivo, que você deveria ir e viver em Jerusalém. Agora, venha comigo para uma caverna dos Tzaddiqim, a fim de saber o que vai ser no futuro. Ele me levou para uma das cavernas dos Tzaddiqim (Justos) desde o período do início dos Tannaim. Era um edificação muito

---

1 Safed, Israel 1542 - 1620 Damascus, Síria.

2 Portão das Reencarnações

antiga e bonita, feita de grandes pedras sobre as lápides, como a caverna de Hillel e Shamai. Vi esculpido em uma grande pedra sobre um túmulo o nome "Kastiel (Castiel)" e sob ele esculpido o nome Samael (Lúcifer)". Havia outros nomes também esculpidos lá, mas eu os esqueci".

Quatrocentos e trinta e dois anos se passaram desde a experiência do Rabino Vital e, então, o anjo Kastiel (Castiel) ressurgiu e se revelou ao mundo vestido como uma personagem fictica em uma série televisiva americana chamada *Supernatural*, na quarta temporada que teve início em 18 de setembro de 2008 e terminou em 14 de maio de 2009.

Na série, o anjo Castiel ajuda Dean e Sam Winchester na batalha contra Lilith, um demônio feminino que é a causadora da epilepsia e da chamada "morte no berço", e o seu noivo Samael (Lúcifer).

Em nenhum outro lugar ou livro há uma menção ao nome Castiel, somente no *Livro das Visões*[3] do Rabino Chaim Vital, e na série de televisão *Supernatural*. E porque foi eu a descobrir este segredo escondido desde 1577?

Sonhando com o anjo Castiel

> *"Eu sirvo aos Céus e não ao homem e certamente não sirvo a você, Dean."*
>
> Castiel em *Supernatural*

Eu sou um hunter!

Madrugada, 21 de julho de 2013. Sonhei e um novo mistério me foi revelado: no sonho estávamos eu, Dean e Sam Winchester e o anjo Castiel. Havia um quadro-negro com muitos mistérios escritos nele. Num determinado momento, tomei um giz e escrevi um Nome Divino no quadro e Castiel veio e o apagou. Escrevi-o novamente e então o Sagrado, bendito seja Ele, apareceu imediatamente e então me revelou que

[3] *Sefer há'Chazion'Ot*

este é um Nome pelo qual D'us, abençoado seja, atende prontamente. Outros mistérios me foram contados sobre os quais ainda vou meditar.

אלול
O nome no meu sonho

Elul foi o Nome Divino que eu escrevia no quadro-negro no meu sonho. É o nome que recebe o sexto mês lunar no calendário hebraico , que é chamado "O mês da *Teshuvá* (arrependimento)". Mas, porque Castiel, Dean e Sam? Eu ainda não havia descoberto Castiel nos escritos do Rabino Chaim Vital e então, D'us veio a mim em sonho através do anjo Castiel, para me revelar este e outro profundo e singular mistério, que você descobrirá no final deste livro.

Pessoas imaginam ilusoriamente que, anjos vigiam e protegem a todos na terra, mas isto? É uma ilusão. O Zohar diz que nem mesmo os anjos querem ficar próximos a determinadas almas, e que eles proclamam: "Afastai-vos do fulano que negou a "Instrução Divina[4]". Desta forma, assim que os anjos se retiram das cercanias de fulano, os do outro lado, demônios e anjos caídos, se aproximam dele. Desta mesma forma, os anjos também não notam a todas as almas, e é simples o entendimento: - Você enxergaria uma tênue e enfraquecida lâmpada escondida sobre espessos e escuros véus? Assim, os anjos também desejam se aproximar daqueles que se iluminaram e que são uma lâmpada em suas gerações, e desejam afastar-se daqueles que propagam a escuridão. Você sabe com quem está andando ou com quem se associou?

Quando Castiel diz, no primeiro episódio da quarta temporada que, o problema de Dean é que ele não tem "emuná[5]", ele não está se referindo a um dogma de alguma religião, mas está dizendo que Dean "não conhece os mistérios do Divino". Castiel diz isto em resposta a Dean ter dito que "anjos não existem".

---

[4] Torá

[5] Fé

Há uma enorme distância entre fé, dogma e emuná, cuja raiz etimológica hebraica é a palavra *emun* que significa "ação" e que, por sua vez, é a raiz da palavra *amen*, que esconde um poderoso segredo.

Talvez você já tenha ouvido o dito popular "Que os anjos digam amém", isto é quase certo, mas, talvez você não saiba o profundo significado e segredo deste enunciado. Eis aqui o seu mistério: A palavra *amen* é um anagrama para a frase *El Melech Ne'eman* que significa "D'us, Rei e Fiel", uma afirmação de fé pronunciada antes do recital do Shema[6]. Os rabinos interpretaram a palavra *amen* como sendo composta pelas letras iniciais de *El Melech Ne'eman*[7] (Shab. 119b). E este não é o único segredo.

A gematria[8] de *amen* é 91, que é a mesma da palavra *malach* (מלאך) que significa "anjo". E qual é o salmos dos anjos? É o Tehilim 91, no qual existe escondido o nome de um poderoso dos príncipes de D'us e também o nome de um demônio que foi temido por Moisés.

Há uma chave para chamar os anjos, um código segreto que é um Nome Divino conhecido de poucos. Esta chave é a unificação do Nome de D'us (יהוה) com o Nome Dinivo Adonai (אדני), unificação esta que forma o Nome Divino chamado de Octagrammaton e que o Zohar revela ser a Carruagem do anjo Metatron. Este nome dos dá acesso à chamada "*Há'Ór Há'Malachim* (האור המלאכים) – A luz dos anjos" que é conhecida nos círculos secretos dos cabalistas como "A luz do Messias[9]".

אידהנוהי
O octagrammaton

Este nome que é chamado de o Nome de D'us de Oito Letras, unfica o mundo angélico ao mundo físico, nos permitindo, ter acesso a ele.

Dean

(olhando para Castiel)

---

[6] A prece principal na vida de um cabalista.

[7] Talmude Shabat 119b

[8] Cálculo do valor numerológico das letras hebraicas em uma palavra ou frase. Numerologia cabalista.

[9] A numerologia de *há'Or Há'Malachim* é a mesma de *Mashiach*, que é 358

"– Anjos não existem"
Castiel
(olhando para Dean)
"Este é o seu problema, Dean! Você não tem fé!".

Anjos somente entram aqui em revestimentos materiais, como, vento, fogo, água e corpos humanos e animais. Corpos humanos existem em todas as gerações, criados especialmente para serem *vessels* (vasilhas) para os anjos, e, quando um anjo possui o corpo que lhe foi destinado neste mundo, a consciência da pessoa que o serviu pode ser apagada durante todo o perído em que o anjo a usar.

Rota 66

Venha e veja: Existem caminhos (*derechim*) e caminhos (*netivot*) e a não ser que você possua a sabedoria (Chochmá), o entendimento (Biná) e o conhecimento (Da'at) sobre a diferença entre cada um deles, como poderá escolher quais caminhos deverá trilhar? Há uma enorme diferença e distância entre *derech* (caminho) e *nativ* (caminho).

Dere'k & Nativ

Um *Dere'k* é um caminho físico, uma estrada onde todos trilham, inclusive os demônios, mas um *nativ* é um caminho místico por onde somente os sábios podem trilhar. Assim, o termo "senda" aplica-se melhor a este mistério da sabedoria, pois "senda" é traduzido do hebraico *nativ*, portanto, um caminho místico é um "sendeiro luminoso", que em hebraico é *nativ ha'zohar*, cujo significado é "caminho do esplendor". Bem-aventurado aquele cujos pés trilham os caminhos místicos da sabedoria, pois suas marcas (pegadas) são luminosas, assinalando em que direção o povo deverá trilhar.

O termo hebraico para "rota" é *Kevish*, também usado para "estrada". No caso da Rota 66, que alude à "viagem espiritual" dos irmãos Winchester na caça por demônios e criatura das trevas, o melhor termo para ser aplicado é mesmo *Dere'k* e, portanto, a Rota 66 passa a se chamar "*Dere'k* 66", que alude ao "caminho" a *Etz há'Chaiim*,[1] que liga *Malchut*, que é este mundo, a *Yesod*, o "mundo dos mistérios".

Derechim
"Caminhos"

Existem três caminhos distintos conhecidos dos sábios místicos hebreus. São eles: *Dere'k há'Shemim* (O caminho dos demônios), *Dere'k há'Tzadiqim* (O caminho dos santos) e *Dere'k há'Mashiach* (O caminho do Messias).

O *Dere'k há'Shedim* – O caminho dos demônios – é o caminho cuja ascensão pela Árvore das Vidas é através da severidade, pela esquerda. Os bruxos também usam este caminho no qual se faz uso da energia de *Tumah* (impureza), para atrair e "anexar-se" aos espíritos profanos com o propósito de adquirir poder para prejudicar outros. O feiticeiro bíblico Balaão, sobre o qual falarei mais adiante, usou do caminho da esquerda para propósitos nada sagrados.

O *Dere'k há'Shedim* também é conhecido, de acordo com Daniel Hale Feldman, autor do livro *Cabala* – O legado místico dos filhos de abraão (Editora Madras), como *Dere'k há'Keruvim* – O Caminho dos querubins – também chamado de "caminho dos anjos da destruição".

Os magos negros e feiticeiros empenham-se em disciplinas, rotinas de comportamento e rituais com intenção de despertar o "ódio" do Sagrado *hvhy* como adversário, cultivando a impureza e a iniquidade para atravessar pelas espadas flamejantes dos querubins que são os guardiões da coluna esquerda da Árvore das Vidas.

Magos negros usam o Nome (יְהוָה) e outros nomes divinos para invocar demônios, *djinns* poderosos, anjos destruidores, e para manifestar e usar poderes destruidores.

Interessante notar que o termo "rotina" (do francês *routine*) indica "caminho já conhecido, trilhado" e tem também raiz em "rota".

---

[1] Árvore das Vidas.

Voltando aos magos negros e feiticeiros, suas impurezas e pecaminosidade mantêm-nos na coluna esquerda e os impedem de ir para a coluna central.

O mago negro sabe que, através de rituais, talismãs e força de vontade pessoal, ele ganha controle (temporário) sobre os espíritos elementais e os *djinn*, e pode usá-los e ordená-los de acordo com suas vontades.

Como os demônios querem se alimentar das *qlipot*[2] dos magos quando elas se rompem na morte, libertando a luz acumulada a fim de usá-la como carruagem para encarnar fisicamente ou ter acesso aos infernos mais profundos, eles compactuam com o jogo. Isto é frequentemente mostrado na série *Supernatural*. Desta forma, concedem poderes ocultos e de baixo nível ao feiticeiro, como também bens materiais cobiçados e aparente controle sobre espíritos e demônios, explica Daniel Hale Feldman.

Ele continua explicando que esta ascensão pela esquerda é muito rápida, pois o mago se dedica mentalmente a este fim, mas, no final, ele é destruído, morto, pois não pode passar pela barreira de fogo da letra *Tzad* (צ), o "justo sagrado".

Não vou abordar aqui os Caminhos dos Justos, dos Santos e dos Anjos de Elohim, cuja ascensão dá-se pela direita. Basta-nos saber que ele não requer impurificação ou pecados, mas esforço, estudo e coração puro e dedicação.

A letra Tzad

[2] Cascas negativas que se alimentam da luz da alma da pessoa, mantendo-a na escuridão.

Sigilo Gabriel[3]

[3] Criado pelo autor.

Azazel

Azazel é na verdade uma entidade dupla. São dois anjos que discutiram com Deus contra a criação de homem (Adão). Estes anjos negativos foram banidos subsequentemente às Montanhas de Escuridão. Bila›am (Balaão), feiticeiro poderoso e perverso que é falado na Torá, viveu durante o tempo de Moisés. Bila›am viajaria a estas montanhas para adquirir todo seu poder das forças negativas que moram lá. Seus nomes originais são "Uza & Azael (עזא ועזאל)".

O Zohar nos oferece proteção contra qualquer pessoa negativa ou forças que poderiam tentar nos danificar.

Rabino Yosi disse que, quando os descendentes de Caim caminhavam na Terra, eles eram semelhantes a ambos, os anjos celestiais acima e os humanos abaixo. Isto foi porque Caim descendia de ambos, da sujeira de Samael, que acasalou com Eva, e das sementes (sêmen) de Adão.

Rabino Yitzchak disse: "Quando Aza e Azael caíram do lugar da santidade deles, acima, eles viram as filhas dos homens, pecaram com elas e procriaram crianças. Estes eram os Nefilim, sobre quem é escrito: Havia os Nefilim na Terra..." (Gênesis 6:4).

Na obra de J. R. R. Tolkien, o perverso inimigo do mundo é chamado de "O Senhor do Escuro", e o lugar da sua residência é "A Montanha da Perdição".

Rabino Chiya disse que os descendentes de Caim eram os filhos de Elohim, porque, quando Samael injetou a sujeira dele em Chavah, ela concebeu e deu à luz Caim. Por conseguinte, seu aparecimento não foi semelhante ao do resto da humanidade porque ele foi concebido por um anjo.

Todos esses que descenderam de Caim foram chamados de filhos de Elohim (hebraico *Benei Elohim*).

Rabino Yehuda disse: "Que os Nefilim são as crianças de Aza, Azael e Naamah (a mãe dos demônios) os filhos de Elohim".

Havia só 60 deles acima, que é o segredo das seis *sefirot*: Chessed, Guevurá, Tiféret, Netzach, Hod e Yesod, também chamadas de *Zeir Anpin* – A Pequena Face de Deus.

Esses nascem até hoje em nosso mundo. São aqueles que possuem "seis dedos nas mãos" ou nos "pés", porque eles são frutos de relações incestuosas tidas por anjos caídos com mulheres que não têm nenhuma espiritualidade ou pecaram usando mal os seus atributos femininos.

O pecado monstruoso desses anjos é que foi a causa original do dilúvio para o mundo.

Nossos sábios, de memória santificada, disseram que, quando o Santo, santificado seja Ele, criou o homem, Ele o colocou no Jardim do Éden e lhe comandou que observasse sete ordens. Quando ele pecou comendo da Árvore do Conhecimento, e foi dirigido para fora do Jardim do Éden, esses dois anjos celestiais, Uzá e Azael, disseram ao Santo, santificado Ele é: "Se tivéssemos sido nós em Terra, como o homem (Adão), teríamos sido virtuosos". O Santo, santificado Ele é, então lhes perguntou: "vocês poderiam superar a má inclinação que está no controle na Terra?". Eles disseram: "Nós podemos". O Santo, santificado seja Ele, imediatamente os derrubou do céu para a Terra, e a escritura diz: "Havia os Nefilim na Terra" (Gênesis 6:7).

Assim que eles desceram para a Terra, a má inclinação os aprisionou, como está escrito: "E eles tomaram para si esposas de todas as quais eles escolheram". Eles pecaram e foram depostos de sua santidade.

Ainda sobre Uzá e Azael, o Zohar nos conta: "Eles eram chamados 'Uzá e Azael', e como nós aprendemos, eles foram assim chamados porque O Santo, bendito seja Ele, os deixou cair da santidade superior. E eles aparecem aos homens na forma de seres humanos. E como se transformam da forma de anjos em seres humanos?

Como aprendemos, podem se transformar em todos os tipos de formas, e, quando vêm para baixo neste mundo, vestem-se com as roupagens da Terra e se transformam em forma humana".

Assim eles tomaram forma humana, casaram-se com as filhas de Adão e procriaram filhos que foram os gigantes que houve na Terra (heb. *Anakim*). No *Pirkê* (capítulo) do Rabino Eliezer nos descobrimos que, a cada parto, as filhas de Adão davam à luz a seis crianças gigantes e que já nasciam com asas.

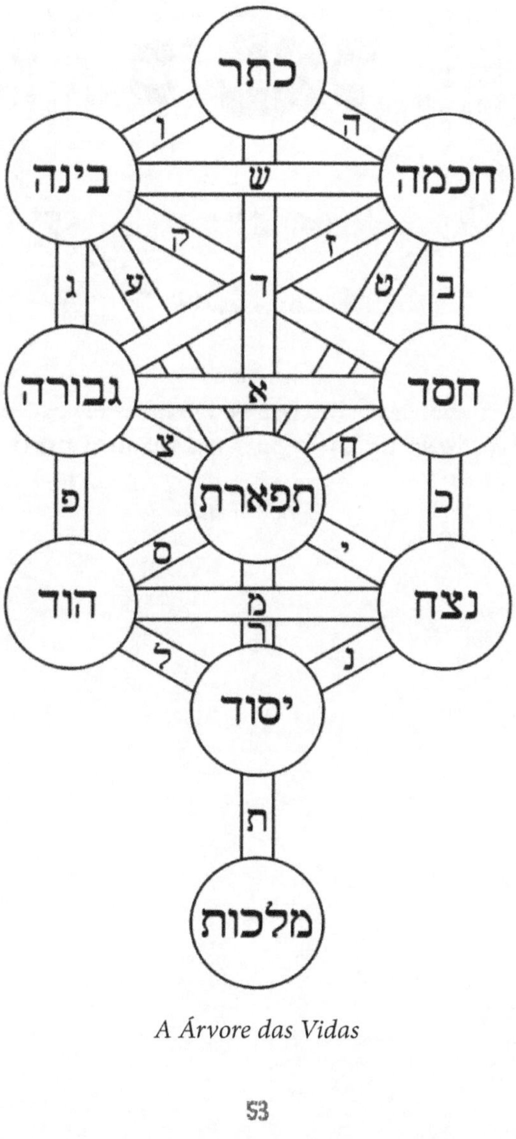

A Árvore das Vidas

Sigilo Micael[3]

[1] Escrito pelo autor.

Bala'am

O Zohar[1] nos conta sobre o perverso feiticeiro "Bila'am" (Balaão), que, junto com o rei Balak, queria amaldiçoar os filhos de Israel. Ele precisava ser morto, mas ninguém podia pegá-lo, pois ele possuía a habilidade de voar, adquirida através da magia, e sempre escapava. Pinchás, o imortal, queria matá-lo, assim como matou Zimri, que afrontou Moisés, dando ao anjo da morte a oportunidade para tirar as vidas de 24 mil israelitas, mas era necessário capturá-lo (Balaão) primeiro. Cercado por Pinchás e seu exército, Balaão tomou seus dois filhos e levantou voo, e foi então que Pinchás virou para a sua companhia e gritou: "Há alguém entre nós que possua tal habilidade?". Uma mulher da tribo de Dan, chamada Zilya, levantou-se, dominou o conhecimento que Balaão havia usado para o mal, levitou e voou atrás dele. No momento em que a viu, Balaão virou-se no ar em direção a Zilya, e, por meio de um encantamento, desapareceu. Zilya ficou muito triste e envergonhada, e sem saber o que fazer, e foi então que Pinchás gritou do solo uma frase poderosa e mágica (não vou citá-la aqui) e, por meio dela, revelou o caminho (*nativ*) oculto que Balaão havia tomado para se esconder. Zilya o cercou e o derrubou por terra em frente a Pinchás, que disse para ele: "Miserável! Quantos males e azares tem você trazido sobre o povo santo". E então, olhando para Zilya, ordenou que

---

[1] *Sefer Zohar.*

ela o matasse, mas não usando o Inefável Nome de Deus. Zilya tentou matá-lo de todas as maneiras conhecidas e possíveis, mas não conseguiu, e então Pinchás disse: “Mata-o com sua própria espada”. Tomando ela sua espada, matou-o.

O Zohar nos revela aqui que a espada de Zilya não era comum. Ela possuía uma serpente gravada em ambos os lados, que era o símbolo da tribo de Dan: “Dan será como uma serpente no caminho” (Gênesis 49:17).

E há outros mistérios aqui neste trecho do Zohar que são proibidos de serem revelados, para que pessoas cujas almas são más e não possuem *lev tahor* (coração puro) nem *Brit Milá* (circuncisão) não os usem para fazer o mal”.

Balaão é a fonte do que conhecemos como “mau olhado”, tema sobre o qual falarei mais adiante.

Amuleto contra Bila'am

Rasputin e Bala'am

Grigoriy Yefimovich Rasputin, místico (Feiticeiro) russo, nasceu dia 22 de janeiro de 1869, em Pokrovskoie, Tobolsk, e foi assassinado no dia 16 de dezembro de 1916, aos 47 anos, em Petrogrado, atual São Petersburgo. Foi uma figura influente no final do período czarista da Rússia.

Por volta de 1905, a sua já conhecida reputação de místico introduziu-o no círculo restrito da Corte imperial russa, onde se diz que Rasputin chega mesmo a salvar Alexei Romanov, o filho do czar, de hemofilia.

Perante esse acontecimento, a czarina Alexandra Feodorovna dedicar-lhe-á uma atenção cega e uma confiança desmedida, denominando-o mesmo "mensageiro de Deus". Com esta proteção Rasputin passa a influenciar ocultamente a Corte e principalmente a família imperial russa, colocando homens como ele no topo da hierarquia da poderosa Igreja Nacional Russa.

Todavia, o seu comportamento dissoluto, licencioso e devasso (supostas orgias e envolvimento com mulheres da alta sociedade) justifica denúncias por parte de políticos atentos à sua trajetória poluta, entre os quais se destacam Stolypine e Kokovtsov. O czar Nicolau II afasta então Rasputin, mas a czarina Alexandra mantém a sua confiança absoluta no decadente monge.

O assassinato

A Primeira Guerra Mundial trouxe novos contornos à atuação de Rasputin, já odiado pelo povo e pelos nobres, que o acusaram de espionagem ao serviço da Alemanha.

Escapa às várias tentativas de aniquilamento, mas acaba por ser vítima de uma trama de parlamentares e aristocratas da grande estirpe russa, entre os quais Yussupov.

Rasputin também foi conhecido pela sua suposta e curiosa morte: primeiro ele foi envenenado num jantar, porém, sua úlcera crônica fê-lo expelir todo o veneno, posteriormente teria sido fuzilado, atingido por um total de 11 tiros, tendo, no entanto, sobrevivido; foi castrado e continuou vivo, somente quando foi agredido, e o atiraram inconsciente no rio Neva, ele morreu, não pelos ferimentos, mas afogado. Existe um relato de que, após o seu corpo ter sido recuperado, foi encontrada água nos pulmões, dando apoio à ideia de que ele ainda estava vivo quando jogado no rio parcialmente congelado.[1]

O mistério

Tudo se pareceria com uma boa obra de ficção, o fato de alguém ter dado tanto trabalho para ser retirado deste mundo, ser tão difícil de matar, se não houvesse um precedente: Balaão!

A morte de Bala'am

Repetindo o que já foi escrito anteriormente, o Zohar nos revela sobre o perverso feiticeiro "Bila'am (Balaão)", que junto com o rei Balak queria amaldiçoar os filhos de Israel. Ele precisava ser morto, mas ninguém podia pegá-lo, pois ele possuía a habilidade adquirida, através da magia, para voar, e sempre escapava. Pinchás, o imortal, queria matá-lo,

---

1 Fonte: Wikipédia.

assim como matou Zimri, que afrontou Moisés, dando ao anjo da morte a oportunidade para tirar as vidas de 24 mil israelitas, mas era necessário capturá-lo (Balaão) primeiro. Cercado por Pinchás e seu exército, Balaão tomou seus dois filhos e levantou voo, e foi então que Pinchás virou para a sua companhia e gritou: "Há alguém entre nós que possua tal habilidade?". Uma mulher da tribo de Dan, chamada Zilya, levantou-se, dominou o conhecimento que Balaão havia usado para o mal, levitou e voou atrás dele.

No momento em que a viu, Balaão virou-se no ar em direção a Zilya, e por meio de um encantamento, desapareceu. Zilya ficou muito triste e envergonhada e sem saber o que fazer, e foi então que Pinchás gritou do solo uma frase poderosa e mágica, e por meio dela revelou o caminho (*nativ*) oculto que Balaão havia tomado para se esconder. Zilya o cercou e o derrubou por terra em frente a Pinchás, que disse para ele: "Miserável! Quantos males e azares tem você trazido sobre o povo santo". E, então, olhando para Zilya, ordenou que ela o matasse, mas não usando o Inefável Nome de Deus.

Zilya tentou matá-lo de todas as maneiras conhecidas e possíveis, mas não conseguiu, e então Pinchás disse: "Mata-o com sua própria espada". Tomando ela sua espada, matou-o.

O Zohar nos revela aqui que a espada de Zilya não era comum. Ela possuía uma serpente gravada em ambos os lados, que era o símbolo da tribo de Dan: "Dan será como uma serpente no caminho (Gênesis 49:17).

Nós sabemos por meio disso que Rasputin era uma reencarnação de Balaão que também havia se recusado a ser retirado deste mundo.

O Zohar ainda revela que, mesmo após a morte, os ossos do feiticeiro Balaão se transformavam em serpentes, e por isto, e para que também ninguém os usasse para fazer magia, eles foram escondidos.

O segredo de Rasputin

As iniciais do nome "Grigoriy Rasputin" escondem outro tenebroso segredo, que é o termo cabalístico *Guilgul Rashá* – (reencarnação perversa). Por este motivo eu me referi a Grigoriy com as inicias "G.R".

Agora que você conhece esse mistério sobre Gregoriy Rasputin, aconselho-o(a) a assistir ao filme "Hellboy", ou assistir novamente, e então você o compreenderá melhor.

Grigoriy Yefimovich Rasputin

Zohar
3:194b
Parashat Balak

Não é sempre fácil de distinguir, entre as práticas místicas encontradas em trabalhos cabalísticos, o que é a verdadeira prática mística e o que é uma linguagem simbólica para essas práticas.

Lê-se no livro de Asmodeus, que foi dado ao rei Salomão, que todo aquele que quiser performar poderosos atos de magia oculta, se souber a rocha sobre a qual Bala'am caiu, encontrará lá serpentes que foram formadas a partir dos ossos daquela criatura maldita. Se

uma dessas serpentes for morta, a pessoa poderá realizar altos níveis de magia de sua cabeça, outras formas de magia de seu corpo e ainda outras formas de magia de sua cauda. Cada uma tem três formas de magia.

Prece contra o mau-olhado[2]
Conjuração contra Balaão

Conjuração: o ato de convocar um ou mais espíritos com um propósito predeterminado. O conjurador executa algum tipo de ritual para invocar o espírito, e muitas vezes isso inclui o uso de certos símbolos mágicos desenhados no chão ou no altar. O conjurador geralmente executará isso em um momento determinado; dependendo da conjuração, pode ser feita em um horário específico durante o dia ou a noite, ou de acordo com o alinhamento dos planetas, influência lunar. Incenso, velas e poções são comumente usados, juntamente com uma evocação específica de algum espírito.

A conjuração a seguir, escrita para me proteger do mau-lhado de uma pessoa que havia sido possuída pelo próprio mau olhado, o próprio Balaão:

"Eu estou protegido pela Espada de Tziliá da tribo de Dan (Devarim Nistarim)[3] e o perverso, o filho de Beör (Bila'am) não pode me causar dano".

"אני מוגן ב"חרבא ד"צליה
ד"שבטא ד"דן ו"הרשע, בלעם הבן בעור
(עין הרע) לא יכול לגרום לי נזק"

Repetir três vezes.

---

[2] Criada pelo autor.

[3] Mantras

Amuleto dos Seis Anjos[4]

[4] Criado pelo autor.

CODIFICADO POR DIPANKARA VEDAS

Anjo Yoach Kalach[5]

[5] Este anjo está codificado no Salmo 91, que é usado em ritual de exorcismo.

Conhecendo o Meu Próprio Inimigo

Dean Winchester:

Quem é você?

Castiel:

Eu sou o único que te agarrou forte e te tirou da Perdição.

Dean Winchester:

Sim, obrigado por isso.

Ela ressurgiu no final de 2013. Era um domingo, dia 27 de outubro, um mês depois do seu próprio aniversário, no dia 27 de setembro. 2013 fora o ano dos maravilhosos cometas PANSTARRS[6] e ISON[7], anjos caindo dos céus para anunciar a abertura do Portão da Era Messiânica.

Um ano antes de ela reaparecer, eu havia passado as semanas entre os dias 12 e 27 de setembro revendo a série "Twin Peaks" do maravilhoso e amado David Lynch, diretor do meu filme preferido, *Duna*, e autor do livro *Em águas profundas*, e que eu havia lido em 2008.

Eu não sabia o que estava por descobrir e nem por enfrentar, porque, se soubesse, eu certamente teria desejado me esconder.

Depois de cerca de um mês conversando, ela me convidou para nos encontrarmos e fiquei exultante com o convite. Alguns dias antes, eu havia pedido a ela algumas fotos, que ela enviou depois de algumas *selfies* usando o seu Blackberry; e assim que as enviou, me questionou se eu havia notado algo diferente em sua face e respondi que somente havia notado uma pequena imperfeição no olho esquerdo.

– É! Eu sou cega deste olho! – ela me disse, ao que respondi que, se não era um problema para ela, não o seria para mim também. Eu não sabia da entidade que se havia escondido dentro dela e se anexado à sua alma, aquele demônio caolho do mundo antigo e que, para adaptar o

[6] C/2011 L4

[7] C/2012 S1

corpo dela como sua residência, a havia cegado logo após o nascimento, no dia 27 de setembro de 1984, o 270º dia do ano solar.

Em hebraico, o valor 270 é a numerologia cabalista da palavra *Rá* (רַע) cujo significado é "perverso, maléfico". No livro de Qohelet[8] do rei Sh'lomô[9], o autor de Maftêach Sh'lomô (מפתח שלמה)[10], lemos, em uma determinada parte do verso, a expressão *"hú inain rá (הוא ענין רע)"*, que se traduziu para "esta é a coisa ruim/má". O termo *"inain (ענין)"* vem da mesma raiz de "observar, escrutinar" e portando está ligado à visão, ao olho e desta forma pode ser traduzido como "ele tem o olho ruim/mal" ou em último "ele possui o mal-olhado". Algumas vezes, o verbo *"hu* (הוּא)" que se traduz para "ele" pode ser, trocando-se os pontos vogais *nikudot*, lido como "hí", que é "ela", e então, a tradução fica *"ela possui o olho ruim/mal"* ou *"ela possui o mau-olhado"*.

Na primeira tarde em que nos encontramos, no dia 3 de dezembro de 2013, fomos ao Cinemark e, guiado pela minha reencarnação cujos sinais e indícios apontavam para sua identidade, decidi, junto com ela, assistir ao filme *Sobrenatural*, que se chama no original *Insidius*, palavra definida no Cambridge English Dictionary como algo "desagradável e perigoso" e que "cresce gradualmente e secretamente (no interior) causando danos, como, por exemplo, na frase: *"Suas atitudes negativas lentamente e insidiosamente contaminaram a atmosfera em toda a nossa Comunidade."*

No dia 20 de dezembro, ela teve um sonho sinistro, que me contou no mesmo dia: *"Tive o mesmo sonho ontem e hoje. Minha irmã me pedia para usar um brinco, era uma pequena bijuteria vermelha. Me lembrou aqueles brincos que vendem em farmácia, bem pequeno. Ela usava um e pediu para eu colocar. Coloquei, mas não ficou como o dela. Me olhei no espelho e não via uma pedrinha como nos dela. Os meus eram como olhos gregos. Mas não eram azuis, eram vermelhos. Ah, mas não tinham a íris. Ai meu Deus... Era vermelho e tinha a parte branca do olho"*.

Olhos gregos são um amuleto contra o mau-olhado. Na Wikipédia nós encontramos uma boa definição sobre eles: *"Nazar ou Pedra contra*

[8] Eclesiastes 1 versículo 13.

[9] Salomão

[10] Clavícula Salomônis

o mau-olhado também chamada "olho turco" (em turco: nazar boncuğu*) é um amuleto que se destina a proteger contra o mau-olhado, sendo mais comum na Turquia, onde é onipresente em escritórios e residências, em joias (inclusive para bebês), em veículos, portas, cavalos e até telefones celulares. É geralmente visto no formato de gota aplainada ou como um ornamento de vidro pendurado, feito à mão e colorido, e é usado como um colar ou uma pulseira, ou ligados aos tornozelos. Geralmente consiste de círculos concêntricos ou formas de gotas – de dentro para fora: azul escuro (ou preto), azul claro, branco e azul escuro (ocasionalmente com um círculo de bordas amarelas/douradas) – e por vezes referido como o olho azul."*

No sonho dela, eles eram vermelhos e, por mais sinistro que possa parecer, e realmente o é, o sonho era um recado para a minha reencarnação, a preciosa alma residente na câmara esquerda do meu coração.

No nosso segundo encontro, no dia 21 de dezembro, assistimos a *Carrie – A Estranha,* e que coube como uma luva, pois, como no filme, ela tinha uma mãe fanática religiosa que havia quase destruído a família; ainda assim, eu não sabia o que silenciosamente crescia dentro dela. Na história de Carrie se imagina que ela tem um poder telecinético, mas, na verdade, ela é possuída por uma entidade demoníaca.

Depois, em 18 de janeiro de 2014, assistimos a *Frankenstein – Entre Anjos e Demônios* e foi neste dia que coloquei no dedo dela um anel gravado com a inscrição hebraica *"Ani Le'Dodí Ve'Dodí Lí (*אני לדודי ודודי לי*) – Eu sou para do meu Amado e o meu Amado é meu*[11]*"*. Finalmente, vimos o filme *Atividade Paranormal – Marcados Pelo Mal* e com este fiquei bastante desconfortável, sentindo que os céus queriam me dizer algo. Talvez, o anjo Castiel já estivesse ali, me protegendo e tentando me sussurrar o segredo que estava insidiosamente dentro dela. O *dibbuk* dentro dela estava sendo forçado pelo anjo incógnito que me protege a se revelar. Em todos estes encontros, todas as vezes que tomávamos o metrô, entravamos, e não por nossa vontade, no carro D472[12] e tão intrigado fiquei, quando percebi o fenômeno, que tirei uma foto.

---

[11] Cântico dos Cânticos 6:3

[12] Capturada no dia 18 de janeiro de 2014 às 12h45m

Certa tarde, enquanto sentados no sofá do apartamento 112 no qual ela estava residindo desde 2012, ao tentar tirar uma *selfie*, a foto estranhamente saiu com uma mancha verde e, o mais sinistro, um amigo cabalista de longa data apareceu e me contou, do nada, sem que eu perguntasse, que, quando manchas verdes aparecem em uma foto, é sinal de possessão demoníaca. Claro que, devido ao meu amor por ela, não dei atenção a este fato.

Nosso último encontro foi no dia 23 de abril, e no dia 3 de maio ela, às lágrimas, e claramente forçada pelos céus, terminou o namoro comigo. Ela ainda manteve a admiração por mim por algum tempo, mas, na semana de leitura da Porção Balak, lida em todas as sinagogas do mundo todos os anos na mesma semana, começou a querer me destruir. A energia que fluía dela é inimaginavelmente maléfica, ruim, mas mesmo assim, eu ainda não tinha os meus olhos "abertos".

No dia 15 de agosto ela me procurou pelo Messenger do Facebook e, enquanto eu conversava com ela usando meu Smartfone, o telefone dela tocou e identificou a chamada como vinda do meu celular. Sinistro! Todas as vezes que ela estava possuída por inveja e raiva, coisas sobrenaturais aconteciam ao redor dela. Era como se o demônio dentro dela estivesse com ciúmes e com medo de que eu o exorcizasse dela, enviando-o de volta ao inferno.

Meses se passaram e então, em 27 de setembro de 2014, enquanto eu estava em um retiro espiritual na chácara Serpa, em Mogi das Cruzes, acordei com uma voz que me dizia: "Cuidado com a pessoa com um olho só". Ao mesmo tempo em que ouvia estas palavras interiormente, imagens da personagem Nadine Hurley da série Twin Peaks de David Lynch, a mulher com o tapa-olho sobre o olho esquerdo, eram-me mostradas juntamente com o também mencionado na obra televisiva bordel One Eyed Jack (Jack Caolho) Foi nesta manha que eu soube o que estava dentro dela, o demônio caolho, inimigo da minha alma, e que a havia cegado para adaptar o corpo dela como sua morada e servir como um sinal para minha alma. Balaão estava lá, insidiosamente escondido dentro dela.

Balaão é mencionado na Porção Balak[13] na Torá e em uma de suas aparições, na qual vaticina um oráculo, proclama a si mesmo, dizendo: "Palavra de Balaão, filho de Beor, palavra daquele cujo olho está aberto...[14]".

O Talmude declara que, a razão de Balaão se apresentar desta forma era devido a sua deficiência visual, pois ele tinha um olho apenas. O Zohar revela que ele, Balaão, é a fonte do mau-olhado e qualquer pessoa que tenha sido possuída pelo mau-olhado foi possuída pela alma de Balaão e também pelo anjo da morte, o destruidor.

Balaão era inimigo de Moisés e, de acordo com o Zohar, era a metade negativa do coração de Abel que reencarnou em Moisés, e, portanto, eles eram almas gêmeas; e daí a razão de Moisés não o matar quando saíram do Egíto. Balaão tinha dois filhos, Yanes e Yambros, e os três foram os responsáveis por incitar o povo à construção do bezerro de ouro.

A Torá narra que Balaão enviou anjos para o rei Balak e que o rei envia anjos a Balaão; eles os controlavam porque conheciam os sigilos e podiam dominá-los. Há um segredo hermético na associação de Balaão com Balak que está escondido por *temurá*[15]. Os seus nomes em hebraico escondem as letras de *"Bavel (בבל)"* e *"Amaleq (עמלק)"* e, por esta razão, o rei Balak era chamado de *ben Tzipor* (filho do pássaro), porque

13 Números 22 versículo 2 a 25 versículo 9

14 Números 24 versículo 3

15 Permutação cabalística, anagrama.

a palavra *tzipor (צפור)* possui as mesmas letras de *tzeruf (צירוף)*, que significa "permutar". Amaleq é a entidade mais negativa e poderosa que existe no mundo. Hitler era Amaleq.

O demônio caolho era chamado de Balaão Ben Beor[16] e a numerologia cabalística destas palavras é igual a:

472

Você se recorda do número do carro do metrô no qual eu e ela sempre entrávamos para ir ao cinema? Quando nos reencontramos, eu dei a ela um nome espiritual hebraico e passei a chamá-la por este nome, adicionado ao sobrenome dela. Um dia, quando calculei a gematria, descobri que o valor era o mesmo de Balaão Ben Beor; certamente eu fui inspirado por aquele anjo incógnito que me estava guiando e protegendo.

Foi Balaão quem lançou o oráculo sobre a Estrela de Jacó, que surgiria para anunciar a chegada da Era Messiânica, e o Zohar diz que esta estrela apareceria no dia 25 de Adar no ano 73 e que neste dia os bispos estariam reunidos em Roma. Ora, o cometa PANSTARRS brilhou intensamente no dia 7 de março de 2013, que, no calendário hebraico, caiu no dia 25 de Adar de 5773, dia em que os bispos estavam em Roma para o conclave que se realizaria para a escolha do novo Papa.

A numerologia de 25 mi-Adar (כ״ה מֵאדר) é igual a 270 e que é a mesma de *Kochav mi'Yaakov* (כּוֹכָב מִיַּעֲקֹב) – A Estrela de Jacó que foi profetizada por Balaão.

Meu namoro com ela durou 142 dias, valor este que é a numerologia de Balaão (בִּלְעָם). 142 dias são 4,72 meses e, depois deste período, todos os anos, menos em 2016, ela reapareceu me procurando. Na semana da Porção Balak, sua mente mudava de forma sinistra e ela tentava me destruir. Neste ano, 2017, ela reapareceu no dia 8 de março e manteve conversas comigo até o dia 7 de julho, sexta-feira, último dia de leitura da Porção Balak; na manhã seguinte, acordei com uma mensagem dela no Whatsapp, lançando sobre mim todo tipo de ameaças e maldições. Balaão estava acordado. Um mês se passou e, no dia 7 de

16 Balaão filho de Beor

agosto, eu estava assistindo a Twin Peaks 2017 Parte 13, quando esta cena abaixo me impactou profundamente. Nela, Nadine Hurley surge novamente, com seu tapa-olho sobre a visão esquerda, mas foi o número de seu apartamento que me assustou até a alma:

Nadine Hurley no apartamento 112

Mais uma vez, os céus me haviam instruído sobre o segredo que me assombrara nos anos anteriores e sobre o reencontro da minha alma com o demônio caolho. Todos os 142 dias nos quais estive com ela, foram vividos no apartamento 112, no 11º andar.

Despertei para estes mistérios no dia 27 de setembro de 2014, o qual chamo hoje de o “270º do ano do despertar”, porque o valor 270 é também a numerologia da palavra *Ër* (עֵר) que significa “desperto.”

Balaão fora obrigado a sair do inferno para me instruir e, sedento de vingança contra minha alma, tentou me destruir inúmeras vezes, mas o incógnito Anjo Castiel estava me protegendo. Em hebraico “Protegido por Castiel *(הגן ב׳קסטיאל)*” tem a mesma numerologia cabalista de *Rá (רַע)* que é 270.

270

Os céus haviam me enviado um anjo e este ser *Supernatural* estava me guardando e protegendo do mal, assim como Castiel protege Dean e Sam contra as investidas do maléfico, e fora ele, Castiel, depois de 472 anos, que se revelara o meu protetor contra o satã.

קסטיאל

Castiel em hebraico

Dean Winchester:

Olha, amigo, não estou comprando o que você está vendendo. Então, quem é você mesmo?

Castiel:

Eu lhe disse.

Dean Winchester:

Certo. E por que um anjo me salvaria do inferno?

Castiel:

Coisas boas acontecem, Dean.

Dean Winchester:

Não na minha experiência.

Castiel:

Qual é o problema?

(pausa, ele estuda Dean)

Castiel:

Você não acha que você merece ser salvo.

Dean Winchester:

Por que você fez isso?

Castiel:

Porque Deus o ordenou. Porque temos trabalho para você.

Todos nós já estivemos no Inferno, presos nas correntes de Belial, como escreveu o rei David[17], e, certamente fomos resgatados por algum anjo que nos trouxe de volta à vida. E você? Conhece o seu anjo?

[17] "Ondas da morte me cercaram, as torrentes de Belial me aterrorizaram" - 2 Samuel 22 verso 5.

Humanos?

Nós aprendemos com os livros antigos da Sabedoria que, quando Adão exilou-se do *Gan Eden*, Deus lhe ensinou como fazer "roupagens" para se vestir apropriadamente em cada mundo em que residiu antes de vir para a Terra. Assim, Adão aprendeu a fazer para si e sua esposa "vestes humanas", que lhes dariam condições de viverem neste mundo.

Da mesma forma os anjos, quando descem a este nosso mundo, vestem-se como os daqui, para que possam sobreviver e ocultar suas belezas angelicais, pois o mundo não as poderia suportar. Assim, os demônios também se utilizam de "vestimentas humanas" para entrar neste mundo.

O significado disso? Nem todos os que caminham como seres humanos são de fato seres humanos, ou você acredita mesmo que Hitler, Stalin, Mussolini foram seres humanos? Você acredita mesmo que George W. Bush é um ser humano? Maníaco do parque, Chico picadinho, Pedrinho matador, Bandido da luz vermelha e outros eram e são seres humanos?

A pergunta é: Como essas criaturas das trevas ganham "vestimentas" para subir ao nosso mundo? Por meio da reencarnação!

O Zohar revela que, quando uma mulher está destinada a um homem e vem o destruidor e a desvia do seu destino, encontrando outro para quem ela não estava destinada, eles terão filhos que nunca deveriam ter tido, filhos que somente trarão dor, sofrimento e destruição ao mundo.

Você acha que o sujeito que arrastou o garoto João Hélio com o carro por tantos quilômetros é um ser humano? Reflita sobre isto.

Os genitores dessas criaturas monstruosas ocultam-se atrás da religião e seus dogmas e acusam tudo e a todos, ao invés de a si mesmos, por haverem criado a oportunidade para que estas criaturas das trevas se manifestassem em nosso mundo.

Mas veja: cada caso é um caso e todos precisam ser investigados, pois há camadas e camadas de mistérios!

É comum ouvir tais genitores dizendo: "Nós colocamos os filhos no mundo, mas não sabemos no que eles vão se tornar. Deus é que sabe...".

Na antiguidade, na época da Sabedoria, do hebraísmo místico, quando ainda não havia o judaísmo, o povo caminhava com a Sabedoria e sabia como gerar filhos justos e até mesmo conhecia os segredos de como escolher o sexo do bebê antes da concepção.

Hoje, a maioria acredita que, por causa da "religião" que professam seus filhos, são justos. Eles dizem: "Ah, nós cremos em Jesus nesta casa! Jesus é o senhor da minha casa!". Dizem estas coisas, acreditando que seus filhos nascerão justos devido à fé (dogma e não emuná) nas suas religiões.

Muitos monstros assassinos foram filhos de pais altamente religiosos. Pesquise e descubra por si mesmo.

A única coisa que pode nos salvar de produzirmos vestimentas para que demônios venham ao nosso mundo é aceitar a Torá e sua Sabedoria (não o dogma judaico) e estudar os mistérios e compreendê-los, para que, no momento de gerarmos filhos, tenhamos conhecimento para fazer isto. Reflita sobre este artigo!

Demônios

Segundo a sabedoria da cabala,[1] os demônios têm pés de pássaros, e cada pessoa pode verificar a presença de demônios em sua casa, polvilhando o andar com farinha próximo à cama e verificando pistas pela manhã. Também se conheceu que os demônios ocultavam cuidadosamente os pés com meias, mantos, e assim por diante eles se faziam passar por seres humanos.

O judaísmo desenvolveu uma demonologia (estudo dos demônios) muito rica, que muitas vezes era alimentada por várias culturas que rodearam as comunidades judaicas em todo o mundo. Muitos dos primeiros contos sobre demônios carregam uma semelhança com ideias egípcias e persas, enquanto as criações que foram emprestadas dos folclores francês e alemão foram reconhecidas ou adotadas na Idade Média. Muitas dessas criações sobrenaturais foram más ou, pelo menos, malévolas, especialmente a fascinante noção cristã de que todos os demônios são anti-Deus e foram enviados por satã. Você acreditaria se eu lhe dissesse que alguns são "demônios judaicos" e trabalharam para Deus, punindo pecadores? E se eu lhe dissesse que existem outros que estudaram a Torá, poderia fazê-lo sentir-se pouco confortável? Usado fora do contexto, isto poderia levar alguém a acreditar que os judeus são adoradores do diabo ou algo semelhante e igualmente ridículo. Bem, se você está

---

[1] Fonte: Enciclopédia Judaica, com acréscimos do autor.

admirado, eles existem, e de acordo com a cabala estes demônios judaicos são passíveis de serem transformados. Quanto aos cristãos, eles usaram demônios em histórias para aludir à tentação que conduz ao pecado e à força da maldade que trabalha contra o honrado, com a intenção de eximir o homem da responsabilidade de pecar, atribuindo-a aos demônios, e desta forma nenhuma pessoa era obrigada a corrigir seus atributos espirituais que se opunham ao Criador (e assim é até hoje). Eles executaram o exorcismo também. Mas também criaram histórias interessantes, e em algumas delas os demônios eram judaicos.

Isso, contudo, não implica que os demônios gostem de seres humanos, de judeus ou de outros povos. E nem implica que devemos convidá-los a sair para almoçar, hahaha.

Classes de demônios

O Zohar, um dos livros mais importantes da cabala, nos ensina que há três tipos de demônios: os que são semelhantes aos anjos, os que se parecem com seres humanos e aqueles que não tributam nenhuma honra e temor a Deus e se parecem com animais (o porco, por exemplo).

Ensina que os demônios que se parecem com anjos voam e não têm nenhuma forma física permanente. Aqueles que se parecem com seres humanos comem, se reproduzem e consequentemente morrem, e estes possuem uma aparência particular: não têm cabelos na cabeça, ou têm calvície parcial, manifestada já em tenra idade.

Baseado no conhecimento da cabala, podemos destinar a maior parte de demônios a uma destas três categorias:

Demônios "judaicos". Foram criados no crepúsculo do sexto dia da criação e deveriam ser parecidos com anjos. Ele, Ha'Shem, tinha feito as suas almas e tinha-lhes dado inteligência e poder, mas com a rebelião ocorrida dentro da Árvore da Vida e a entrada do Shabbath não houve tempo para dar-lhes corpos. Então, eles se tornaram demônios, crentes em Deus e sujeitos a Ele. Contudo, por causa de seu estado inacabado, eles ficaram ressentidos e ciumentos do gênero humano. Esses demônios são às vezes mencionados como "sublunares (isto é, terrestres)".

Considera-se que eles são judaicos, vivem bastante se casando à moda judaica e circuncidando as suas crianças.

Como regra geral, esses demônios não procuram ativamente prejudicar os seres humanos, a menos que tenham uma boa razão; por exemplo, se são presos contra sua vontade ou enganados, têm sua casa violada ou sejam provocados etc. Os demônios atormentarão só as pessoas que os aborreceram. Rabino Judah Há-Hassid escreveu no *Sefer Hassidim* (*O livro dos piedosos*) detalhes, citando um número de atividades que aborrecem os demônios. Existem práticas que são executadas e são consideradas feitiçaria (aquilo que não é cabala prática), atividades que foram largamente usadas e criadas como uma maneira de implicar a convocação e a prisão dos demônios.

Ashmedai (também conhecido como Asmodeus) é muitas vezes chamado de rei dos demônios judaicos, muitos dos quais estudam a Torá, e não prejudicariam um erudito que estuda a Torá! Diz-se que o próprio Ashmedai ascende ao céus para estudar. Ele também parece ter senso de humor. Há um número de histórias acerca dele, de como o rei Salomão o consultava e de como, certa vez, ele expulsou Salomão do trono e assumiu sua aparência, até que Salomão voltou e o expulsou novamente.

Os demônios de Ashmedai são sujeitos a Deus e são às vezes encontrados a seu serviço para punir os ímpios e os malévolos. Por exemplo, aqueles que cometem pecados contra as leis de pureza (Tahorá) podem ser sujeitos aos seus ataques. Há um demônio que pune aqueles que maltratam livros sagrados. Pobres dos ignorantes religiosos que tratam os judeus e a Sabedoria da cabala como coisa do demônio, que Deus tenha misericórdia deles. Não é um anjo, mas um demônio! Em outro exemplo, o Rabino Judah escreve que não devemos dar aos pássaros migalhas de pão, pois o demônio da pobreza ressente-se quando uma pessoa dá aos pássaros farinha de rosca. Ele diz: "Depois que este colega encheu a sua barriga de pão, ele dá aos pássaros a sobra. Ele é tão cruel que destruiria o mundo inteiro se pudesse. Por este motivo o demônio vai atormentá-lo".

Alguns desses demônios originais, como Samael e o seu anfitrião, são puramente maus. Esses são mais consanguíneos dos anjos caídos da cristandade.

Lilith e sua descendência. Segundo a cabala, antes de Eva, Deus fez Lilith, da mesma forma, isto é, do barro, como Ele fez Adão. Embora Adão fosse superior, Lilith não aceitava isto, exigindo ter a mesma estatura que ele. Eles brigavam constantemente (em particular sobre sexo), até que finalmente Lilith ficou enfurecida e abandonou o Jardim do Éden. Instalou-se em uma caverna, onde suas relações com demônios produziram a primeira de suas crianças. Diferentemente dos demônios "originais", Lilith e suas crianças híbridas são tipicamente maliciosas e procuram prejudicar os seres humanos de um modo ou de outro.

Lilith não é mencionada explicitamente no livro do Gênesis, mas é mencionada na Bíblia, no livro de Isaías e em alguns ou outros trabalhos religiosos. A história dela como a primeira esposa de Adão e sua "ocupação" subsequente como um demônio existem há séculos.

Alguns dizem que foi emprestada dos assírios, mas ela está mencionada implicitamente na Bíblia:

> *"E Deus criou o homem na Sua própria imagem, na imagem de Deus criou-os; o macho e a fêmea os criou".*
>
> Gênesis 1:27

Lilith é a causadora da chamada "morte no berço" e também da diarreia, da difteria e da epilepsia. Eu acredito, e isto é aconselhável, que nenhuma mãe ou mulher use seu nome como pseudônimo, apelido ou qualquer outra coisa do gênero, pois a estará atraindo, chamando para si mesma e colocando seus filhos em risco.

Pois Lilith e Na'amá (outra demônia) visitam os homens sem nenhuma espiritualidade e que moram sós, para manter relações sexuais com eles nos seus sonhos e produzir as suas proles. Zohar aconselha não deixar as crianças dormirem sem roupas por causa delas. Também nos ensina que, quando a criança está rindo para o nada, é porque Lilith está "flertando" com ela, e nos diz para interromper isto imediatamente. Também nos ensina sobre como nos protegermos de Lilith.

Os favoritos da Sitra Achra (O outro lado). Sitra Achra pode ser traduzido como o "outro lado". Alguns filósofos acreditam que todas as coisas foram criadas por e sujeitas a Deus (inclusive os demônios), mas outros creem que as coisas que são tão inexprimivelmente más tiveram as suas origens em outro reino fora da ordem de Deus, uma dimensão da maldade onde os habitantes não têm nenhum respeito a Deus em absoluto, onde os habitantes são puramente maus e renunciaram completamente a Deus, existindo só para satisfazer seus caprichos pervertidos. Diz-se às vezes que o demônio Samael (que muitas vezes é comparado erroneamente com satã) vive lá. Algo da Sitra Achra seria completamente mau, malévolo e muito perigoso. O porco é uma criação da Sitra Achra, e por isto Deus proibiu o seu consumo.

Shaddai Yoach Kalach

Asmodeus

Em *Supernatural*, Asmodeus é um dos quatro príncipes do inferno, junto com seus irmãos Azazel, Ramiel e Dagon. Ele foi criado pelo próprio Lúcifer, tornando-o um dos mais antigos demônios que já existiram. Em algum momento, Asmodeus procurou agradar a Lúcifer, libertando os *shedim*, "coisas tão escuras e fundamentais que o próprio Deus não os permitiria na luz".[1]

Em seu orgulho, Asmodeus acreditava que poderia treinar e usar os *shedim*, apesar de Lúcifer ter medo deles. Em sua "decepção", Lúcifer infligiu duas cicatrizes ao rosto de Asmodeus. Asmodeus sentiu que a "dor e a humilhação" forjavam um vínculo entre ele e Lúcifer, e sua lealdade permaneceu inabalável. Em algum momento, todos acreditaram, incluindo os anjos, que Asmodeus havia morrido. Em 2010, após a primeira derrota de Lúcifer, Crowley aproximou-se de Ramiel para tomar e governar o inferno. No entanto, Ramiel se recusou, afirmando que os príncipes só queriam ficar sozinhos. Enquanto Dagon mostrou interesse no filho de Lúcifer e, eventualmente, começou a servir a ele mais uma vez.

Como a história conta, Shlomo Ha'Melech (o rei Salomão) decidiu começar a construção do primeiro templo, e foi confrontado com um problema. De acordo com a Torá, as pedras do altar não podiam ser lavradas usando metal, pois é o material usado para fazer armas que

[1] Fonte: *Supernatural* Wiki.

matam. O altar simboliza a vida e tenta preservá-la, e, portanto, usar o mesmo material criado para fabricação de armas no altar seria uma contradição.

Para esse propósito, Deus criou o *shamir*, um verme radioativo capaz de cortar através da rocha. No entanto, havia apenas um verme do gênero no mundo e Shlomo Ha'Melech necessitava de Ashmedai (o demônio Asmodeus) para revelar o seu paradeiro e como capturá-lo. Para tal, precisaria capturar Ashmedai, o que foi realizado, mas só depois de ter criado uma armadilha inteligente para ele e, assim, Shlomo finalmente acabou por ter o *shamir*.

De acordo com o Talmude, Shlomo Ha'Melech manteve Ashmedai preso em correntes seladas com o nome de Deus durante todo o período que o templo estava em construção.

Nas próximas páginas vou fazer uma maior exposição sobre Ashmedai.

Armilus

Armilus (hebraico: **ארמילוס**) (também escrito Armilos e Armilius) é uma figura anti-Messias na escatologia judaica medieval, comparável às interpretações medievais do anticristo cristão e do Dajjal islâmico, que conquistaram Jerusalém e perseguiram os judeus até sua derrota final nas mãos de Deus ou do verdadeiro Messias. Sua inevitável destruição simboliza a vitória final do bem sobre o mal na era messiânica.[2]

No período que precede imediatamente o estabelecimento da Era messiânica, haverá uma grande guerra de Gogue e Magogue contra Israel.

Armilus, seu rei, foi gerado da relação sexual entre Samael (Lúcifer) e a estátua de pedra de uma moça em Roma. Por ser o arqui-inimigo do Messias, Armilus será derrotado por Ben Yosef numa guerra para acabar com todas as guerras.

A alma de Armilus também transmigra (reencarna) e está presente em todas as gerações para fazer oposição à alma do Messias, que tam-

[2] Fonte: Wikipédia, com acréscimo e explicações do autor.

bém reencarna em cada geração para guiar a humanidade em direção à luz.

No *Sefer Zerubbabel*, que provavelmente é do século 7, encontramo-nos sobre Armilus. Acreditava-se que Armilus fosse um criptograma para Heráclio e pensava-se que os eventos descritos no *Sefer Zerubbabel* coincidiam com a revolta judaica contra Heráclio. O *Midrash Vayosha*, do século 11, que descreve Armilus, foi publicado pela primeira vez em Constantinopla em 1519. De acordo com a Enciclopédia Judaica, Armilus é "um rei que surgirá no fim dos tempos contra o Messias, e será conquistado por ele depois de ter trazido muita angústia sobre Israel". Ele é falado no *Midrash Vayosha*, *Sefer Zerubbabel* e outros textos. Ele é um adversário parecido com Gogue e Magogue. No *Sefer Zerubbabel*, ele toma o lugar de Magogue e derrota o Messias ben Joseph.

Armilus é um arquétipo para as negatividades no interior da humanidade, a reunião de todos os aspectos negativos. No *Siddur* há uma prece que nos ajuda a combater Armilus e preservar a centelha messiânica dentro de nós.

"V'li-ru-sha-la-yim i-r'cha b'ra-cha-mim ta-shuv, v'tish-kon b'to-cha ka-a-sher di-bar-ta, v'chi-sei Da-vid av-d'cha m'hei-rah b'to-chah ta-chin, uv-nei o-tah b'ka-rov b'ya-mei-nu bin-yan o-lam. Ba-ruch a-tah A-do-nai, bo-nei Y'ru-sha-la-yim".

Sigilo Nuriel[3]

[3] Escrito pelo autor.

Kame'Ot

Encantamentos

Kame'Ot (קמעות) singular *Kamêa* (קמע) é uma competência específica de objetos que lhe são atribuídos. Um *Kamêa* muitas vezes é um pedaço de papel ou um pergaminho no qual são escritas algumas combinações de letras e versos, nomes de anjos ou outros nomes sagrados. São colocados em casas para garantir sua segurança contra mau-olhado, demônios e espíritos malignos. Para conjurar um *Kamêa* a pessoa precisa ser um sábio conhecedor dos mistérios divinos codificados em muitos e antigos livros da Sabedoria. Na imagem da página a seguir, podemos ver, no *Kamêa* conjurado por Stephen Strange, nomes angélicos escritos em angélico e *malachim*, como latim, signos astrológicos e outros. Um *Kamêa* pode ser escrito ou conjurado para modificar o *mazal* (signo astrológico) de uma pessoa e até mesmo protegê-la do próprio carma.

Uma kamêa antiga para afastar o mal

Kamêa para proteger uma casa

Roma – morada dos demônios

"E, quando o Todo-Poderoso destruir a maléfica Roma, colocará Lilith entre as suas ruínas, como ela (Roma) é a ruína do mundo, como está escrito: 'E descansará ali Lilith, e lá encontrará para ela um lugar de descanso, (Isaías 34:14)."

ZOHAR PARASHAT VAYQRÁ

Para compreensão, devemos voltar aos fundamentos sinistros de Roma: tanto a nação romana como sua cidade têm origens na alma do perverso Esaú, o irmão de Ya'akov, filhos de Itzchaq e Rivka.

Quando Rivka estava grávida, os gêmeos brigavam no ventre, e o Zohar declara que a razão disto foi que, já no ventre da mãe, Esaú havia declarado guerra ao irmão.

Esaú também foi chamado de *Seyir*, cujo significado é "peludo", pois tinha o corpo coberto de pelos, e como foi dito, demônios têm também o corpo coberto de pelos. Esaú é Edom, que significa "vermelho", e Edom é Roma.

O anjo da guarda de Esaú é revelado pelo Zohar como sendo o próprio Samael (Lúcifer), e quem é a noiva de Lúcifer? Lilith...

Entendemos então que a fundação de Roma foi feita por meio de uma relação demoníaca entre Samael e sua noiva Lilith.

A fim de deixar mais claro o entendimento, vamos a um texto místico muito conhecido de todas as religiões: o Apocalipse.

> *"... e vi uma mulher sentada sobre uma besta escarlate cheia de nomes de blasfêmia, que tinha sete cabeças e dez chifres. A mulher estava vestida de púrpura e escarlate, enfeitada de ouro, pedras preciosas e pérolas, e tinha na mão um cálice de ouro cheio de abominações e da imundície de sua fornicação. Em sua fronte tinha um nome escrito, mistério: 'Babilônia, a grande, a mãe das prostitutas e das abominações da Terra'. Vi a mulher embriagada com o sangue dos santos e dos mártires de Jesus. Quando a vi fiquei assombrado com grande assombro".*
>
> Apocalipse 17:1-6

A mulher é a própria Lilith, e o dragão é o próprio Lúcifer, e também é Roma, aludida aqui por suas sete cabeças, que é uma referência aos Montes Apeninos, espinha dorsal da Itália. As 10 coroas são uma alusão às 10 reencarnações de Roma desde os tempos antigos, começando pela antiga Babilônia, passando pelo Egito, chegando aos dias atuais.

> *"Caiu, caiu a grande babilônia, e se tornou morada de demônios, e covil de todo espírito imundo, e esconderijo de toda ave imunda e odiável".*
>
> Apocalipse 18:2

Claramente notamos que o que foi dito pelo Zohar, escrito mil anos antes de o Apocalipse ser encontrado e anexado à Bíblia, é uma verdade incontestável. Roma é a morada dos demônios e os anjos caídos, conforme o verso afirma esotericamente "... e esconderijo de toda ave imunda e odiável". O termo "ave" alude, de acordo com o Zohar, aos anjos, e, neste caso, anjos caídos.

Então, em Roma vivem todas as espécies de demônios, espíritos profanos e anjos caídos, e quando foi destruída (mesmo que agora reedificada) tornou-se o descanso de Lilith.

Amuleto contra Lilith do Sipra Raziel

Sepultamento

O Zohar segue nos ensinando o que acontece depois da "falência física": "Depois que a alma sai do corpo, e o corpo fica sem espírito, é proibido deixá-lo sem ser enterrado, como está escrito: 'O seu cadáver não permanecerá no madeiro durante a noite, mas o enterrarás no mesmo dia'".

DEUTERONÔMIO 21: 23

Pois o morto que permanece 24 horas, que são o dia e a noite, sem ser enterrado, causa FRAQUEZA nos ORGÃOS da CARRUAGEM DIVINA[1] e impede o ato do Sagrado, bendito seja Ele, de ser realizado. Pois pode ser que o Sagrado, abençoado seja Ele, tenha lhe decretado colocá-lo em outro corpo (encarnação) imediatamente, nesse dia que faleceu, para o seu bem".

Aqui o Zohar nos adverte que a prática de "velórios" constitui um erro, além de evidenciar o "desejo de receber" apenas para si dos parentes do falecido. Além disto, deve ser horrível para a alma presenciar dezenas, senão centenas de pessoas, tocando o "seu amado", profanando a "casa" de sua habitação por muitos anos.

---

[1] Zeir Anpin na Árvore das Vidas chamada de "Carruagem de Metatron".

O Zohar continua nos ensinando, com suas sagradas palavras: "E todo o tempo em que o corpo não é enterrado, a alma não sobe diante do Sagrado, abençoado seja Ele, e não pode estar em outro corpo em uma segunda encarnação, pois não dão à alma outro corpo enquanto não se enterrar o primeiro".

As palavras do Zohar nos revelam como a alma viaja para outro mundo e para outra encarnação:

"Quando a alma é separada do corpo e quer ir para aquele outro mundo, ela não vai para aquele mundo enquanto não lhe derem outro corpo de luz, e depois então ela pode ir. E sabemos isto por meio do profeta Elias, que tinha dois corpos, um com o qual era visto em cima entre os anjos superiores sagrados, e outro com o qual era visto embaixo, pelos seres humanos".

Existem acontecimentos neste mundo que não são "visíveis" aos olhos, e o Zohar nos conta alguns deles, como, por exemplo, os perigos aos quais o corpo é exposto durante o tempo em que não é sepultado:

"E todo o tempo em que o corpo não é enterrado é um sofrimento para a alma, e outro espírito impuro se encontra à noite (após a meia-noite) e se estende por toda a Terra para achar um corpo sem alma para impurificá-lo, e então ele se impurifica ainda mais".

E, quando o corpo é contaminado com a energia negativa deste espírito profano, torna-se impuro, e todos aqueles que o tocam durante o velório são impurificados também, causando manchas em suas *neshamot* (plural de *neshamá*), que é o segredo do verso: *"O sacerdote (Cohen) não se contaminará por causa de um morto entre o seu povo"* (Levítico 21: 1).

O termo *Cohen* é uma alusão à *neshamá*, que é a parte mais elevada das outras, assim como o "sacerdote" era o mais elevado dentro do povo. As outras duas partes, a *nefesh* (alma animal) e o *rúach* (espírito) são chamados respectivamente de "Israel" e "Levi".

Aconselho assistir ao filme *Alma perdida* (*Unborn*) do diretor judeu David S. Goyer. Ele traz a revelação do que acontece ao corpo depois que morre e que pode ser possuído por um espírito profano, um *dibuck*, por exemplo, sobre o qual explicarei mais à frente nesta obra.

"Pois eles são sagrados, e não deve pairar sobre eles o espírito impuro para serem impurificados (Zohar)".

Enquanto houver matéria física, a *nefesh* da pessoa ficará presa neste mundo. É por esta razão que, em *Supernatural*, Dean e Sam sempre queimam os restos mortais para libertar a alma *nefesh*.

Gehinom – "O inferno"

Está escrito no Zohar: "Um medo positivo do pecado pode inspirar-nos a perseguir o desenvolvimento espiritual, e por meio disso evitar as repercussões negativas inerentes ao nosso mundo de causa e efeito".

O Rabino Aba disse que no *Gehinom* há compartimentos sobre compartimentos, segundos, terceiros, e assim por diante, até sete – os nossos amigos já explicaram esta questão. Feliz é o honrado que se guarda dos pecados do mal e não segue nos seus caminhos. Já que, quando uma pessoa que ficou impura morre, ela passa para o "Mundo da Verdade" e desce ao *Gehinom*. Lá ela desce mais ainda até que chegue ao compartimento mais baixo.

"O Zohar explica que a permanência no *She'ol* é de 12 meses, e então a alma é levantada para reencarnar no mundo físico". E nós já vimos isto ser abordado em *Supernatural*, quando Dean é morto pelos "cães do inferno" e passa algum tempo lá, e depois é devolvido ao mundo físico, na verdade, arrancado no inferno pelo anjo Castiel.

Há dois compartimentos, um perto de outro, que são chamados *She'ol* e *Avadon*. Seja quem for que consegue *She'ol* é julgado e punido lá, e então levantado a um nível diferente, um compartimento, mais alto, e isto continua até que ele seja lançado para fora e reencarne. Mas aqueles que baixam ao *Avadon* nunca são levantados de lá novamente. Por isso é chamado *Avadon* (perdido), porque eles ficam perdidos lá para sempre.

Qual é a punição *Gehinom*? Ela é o fogo e a neve, a água e o fogo; o primeiro faz frio, depois fervura. E toda aquela geração foi condenada à punição no *Gehinom* e foram varridos do mundo.

A espada giratória

Quando Adão foi expulso do Éden, é dito que Deus colocou ali um *Keruv* (querubim) com uma espada giratória flamejante, para guardar o caminho da Árvore das Vidas. E o que é esta espada? O Zohar tem a resposta:

A chama de uma espada que se transformou em todos os sentidos refere-se aos seres que estão sempre prontos para castigar o mundo, e eles tomam todos os tipos de formas, às vezes sendo masculinos, e por vezes femininos, às vezes chamas de fogo e ventos destruidores. Tudo isso é para guardar o caminho da Árvore das Vidas, para que o homem não possa fazer mais danos ali.

A espada flamejante denota os espíritos no inferno que aplicam, de forma punitiva, fogo sobre as cabeças dos ímpios e pecadores. Eles adotam várias formas, de acordo com os crimes que cometeram os que serão punidos.

Todos os espíritos punitivos mencionados, que assumem tão variadas formas, são os encarregados de maltratar e perturbar neste mundo, os pecadores que deliberadamente violem os preceitos de seu Mestre. Pois, quando um homem peca, atrai para si muitos espíritos malignos e emissários punidores, diante dos quais treme de medo.

Salomão dialogava com os Mistérios da Sabedoria, e Deus colocou em sua cabeça a coroa da realeza, e o mundo todo temia. Mas, quando ele pecou, atraiu inúmeros espíritos malignos e danos punitivos para si. Ele ficou apavorado. Então eles foram capazes de maltratá-lo e roubar os seus preciosos bens.

Na verdade, todo homem, por suas ações, sempre atrai emissários do outro mundo, bons ou ruins, de acordo com o caminho (*Dere'k*) que escolheu para seguir.

Dibbuk

No folclore judeu (Qabalah), um *dybbuk* é um espírito maligno possuidor, acredita-se que seja a alma "deslocada" de uma pessoa morta.[1]

Dybbukim (plural são almas que escaparam do *Gehinom* (inferno) ou almas cuja entrada no inferno ou no paraíso foi proibida por terem cometido uma grave transgressão, como suicídio, por exemplo, ou cometido *Peshá* (rebelião intencional contra o Sagrado).

A palavra *dybbuk* é derivada do hebraico *Davek* (דיבוק) e significa "aderir", o *dybbuk* se "adere" (possui) ao corpo de uma pessoa viva e habita a sua carne. Segundo a crença, a uma alma que foi incapaz de cumprir sua função durante a sua vida é dada outra oportunidade para fazê-la na forma de um *dybbuk*. Ele supostamente deixa o corpo do hospedeiro, uma vez que tenha conseguido seu objetivo, ou em algumas vezes depois de ser "ajudado" (exorcismo).

É também abreviação de *dibbuk me-ru›ah ra›ah* (a aderência de um espírito do mal), ou *dibbuk min ha-hizonim* (aderência do outro lado, o lado de fora), e este último tem dois significados, sendo um que o *dybbuk* pode aderir pelo lado de fora e o outro que alude que este espírito veio do outro lado, o lado da *Sitra Achrá*, o da escuridão.

---

1 Fonte Wikipédia, com explicações do autor.

O termo apareceu pela primeira vez em uma série de escritos do século XVI, e, apesar de ter sido ignorado pela maioria dos acadêmicos e eruditos, o *dybbuk* popularizou-se nos círculos literários. Relatos anteriores de possessão (como o oferecido por Flávio Josefo) eram de possessão demoníaca, ao invés de fantasmas.

Existem outras formas de transmigração da alma na mitologia hebraica. Em contraste com o *dybbuk*, o *ibbur* (impregnação), um dos dois tipos de reencarnação mencionados secretamente na Bíblia, acontece quando uma alma justa temporariamente possui um corpo. Isto é sempre feito com o consentimento, de modo que a alma pode realizar uma *mitzvah* (uma boa ação). A reencarnação (גִּלְגּוּל נְשָׁמוֹת), que em hebraico é literalmente "roda das almas", apresenta a ideia de que a alma tem de viver através de muitas vidas antes que possa ganhar a sabedoria para se reunir com Deus.

O *dybbuk* também pode ser um espírito do "mal", espreitando a morte das pessoas para habitar o corpo e assim afrontar o Sagrado, bendito seja Ele.

Este é o caso que expliquei acima sobre não deixar o corpo sem ser enterrado, pois pode ser que um *dybbuk* o possua, o faça retornar à vida, mas de fato não será a alma que o habitava anteriormente. O *dybbuk* faz isto, como expliquei, para afrontar o Criador que o proibiu de entrar no paraíso.

Histórias sobre *dibbukim* são comuns na época do Segundo Templo e nos períodos talmúdicos, particularmente nos Evangelhos, eles não são tão proeminentes na literatura medieval. O dibbuk já foi considerado um diabo ou um demônio que entrou no corpo de uma pessoa doente. Mais tarde, uma explicação comum entre outros povos foi adicionada, ou seja, que alguns dos dibbukim são espíritos de pessoas mortas às quais não foi permitido descansar e, assim, se tornaram demônios. Essa ideia (também comum no cristianismo medieval), combinada com a doutrina da reencarnação (transmigração da alma), no século XVI, tornou-se generalizada e aceita por grandes segmentos da população judaica, junto com a crença nos *dibbukim*.

Foram geralmente consideradas como almas que, por conta da enormidade de seus pecados, nem sequer foram autorizados a transmigrar, e como espíritos desnudados buscam refúgio nos corpos de pessoas vivas. A entrada de um *dybbuk* em uma pessoa era um sinal de que ela tinha cometido um pecado secreto que abriu uma porta para o *dybbuk*.

Uma combinação de crenças atuais no ambiente não judaico e crenças populares judaicas influenciadas pela cabala formaram estas concepções.

A literatura cabalística dos discípulos do Rabi Isaac Luria contém muitas histórias e "protocolos" sobre o exorcismo de *dibbukim*. Numerosos manuscritos apresentam instruções detalhadas sobre como exorcizá-los.

O poder de exorcizar *dibbukim* foi dado aos *ba'alei shem* (Mestres do *Shem haMeforash*, o Tetragrama). Eles exorcizam o *dybbuk* do corpo e, simultaneamente, resgatam a alma original da pessoa, proporcionando um *tikun* (restauração) para ela, seja por transmigração (reencarnando--a) ou fazendo com que o *dybbuk* entre no inferno.

Rabi Moisés Cordovero, que foi mestre em Tzfat antes de Isaac Luria, definiu o *dybbuk* como uma "gravidez do mal".

Aquele que invoca o juízo (divino) sobre o seu próximo é punido primeiro (pelos seus próprios pecados), como diz: Sarah disse a Abrão: "O meu erro está sobre ti..." E o que está escrito mais tarde? "E Abraão veio para chorar por Sarah e chorar por ela".[1]

[1] Rabbi Abba – Talmud Bavli Rosh *Hashaná* 16b.

"Eu confio em todo mundo, só não confio no demônio dentro deles."

JOHN BRIDGER, EM ITALIAN JOB.

Shedim

Shedim[1] é a palavra hebraica no plural para demônios. Os *Shedim* aparecem apenas duas vezes (sempre no plural) no Tanak (Bíblia Hebraica): em Salmos 106:37 e Deuteronômio 32:17. Possivelmente foi um empréstimo do acadiano, em que a palavra se referia a um espírito, protetor benevolente.

Ambas as vezes em, o termo aparece no Tanach, lida com o sacrifício de crianças ou animais para os falsos deuses que são chamados de demônios. A palavra também pode derivar de *SEDIM*, e alude aos espíritos assírios guarda, e como referência, de acordo com a tradição que afirma que Azael (Uzá e Azael) dormiu com Na'amá, e gerou os espíritos assírios guarda conhecidos como *SEDIM*.

Dos *shedim*, como já explicado, diz-se que têm os pés e as garras como as de um galo. De acordo com uma *agadah* (lenda hebraica), os *shedim* são descendentes de serpentes, ou de demônios na forma de serpentes, aludindo à serpente do Éden, como relatado em Gênesis.

De acordo com o Zohar, são descendentes de Adão e Lilith. Outra *agadah* diz que Deus tinha começado a fazê-los, com a intenção de que eles fossem seres humanos, mas não completou a sua criação, devido à rebelião angélica e à aproximação do Shabat. Mesmo após o Shabat, Ele

[1] Baseado na Wikipédia, com explicações do autor.

os deixou como estavam para mostrar que, quando o Shabat vem, todo o trabalho deve ser visto como completo.

Supostamente, os pecadores sacrificaram suas filhas para os *shedim*, mas não está claro se o sacrifício consistia no assassinato das vítimas ou na satisfação sexual dos demônios.

Para verificar se esses demônios estão ou estavam presentes em algum lugar, cinzas ou farinha são jogadas no chão, e então seus passos se tornarão visíveis.

Os *shedim* seguem os mortos durante o cortejo fúnebre e voam ao redor de suas sepulturas, isto porque eles foram criados pelo derramamento de sêmen em vão enquanto estas pessoas estavam vivas.

Somos advertidos a não fazer muitas coisas, a fim de evitar chamar os shedim, como assobiar ou mesmo dizer a palavra *shedim*. Rabino Yehuda Há'Chasid escreveu em seu tratado, chamado *Tzava'ah* que não se deve selar completamente as janelas, porque se tornam armadilhas para os *shedim* e os mantêm dentro da casa.

Para proteger o lar, colocam-se *mezuzot* (pergaminhos com trechos da Torá em hebraico escritos em pele de carneiro) nos batentes das portas, e podem ser usados selos angélicos escritos por todo o batente, nas folhas das portas e janelas, a fim de mantê-los do lado de fora.

O shedim (שֵׁדִים). Os mais selvagens do inferno. Coisas tão escuras e básicas, que o próprio Deus não as permitiria na luz. (...) Lúcifer temia--os, também deveria".[2]

Há muito tempo, Asmodeus procurou agradar a Lúcifer liberando os *shedim*, enquanto acreditava que ele poderia treiná-los e usá-los. No entanto, uma vez que eram as criaturas mais selvagens do inferno, mesmo Lúcifer temia-os e, posteriormente, trancava-os de novo, e depois matou Asmodeus como castigo por decepcioná-lo.

Quando Asmodeus reivindicou o trono do inferno, após a morte de Crowley e o aprisionamento de Lúcifer na realidade alternativa, ele rastreou Jack e tentou manipulá-lo para libertar os *shedim*, transformando-

---

[2] Asmodeus sobre os *shedim*, em *The Rising Son* (*A ascensão do Filho*).

-se em Donatello, o profeta. Ele disse que os *shedim* eram uma tropa dos mais valentes soldados de Deus e estavam presos no inferno, e era a vontade de Deus libertá-los. Jack conseguiu abrir o portão[3] para o inferno e os *shedim* foram quase libertados, mas eles foram interrompidos por Sam e Dean.

"Todos nós somos uma mistura do bem e do mal."
SEFER HA'ZOHAR

[3] "Há três portas para o inferno: uma está no deserto, uma no oceano, e uma em Jerusalém" (Talmude Jeremias, 19).

Se'irim

Os demônios mencionados na Bíblia são de duas classes, *se'irim e shedim. Os se'irim* (seres peludos), para os quais os israelitas sacrificaram nos campos abertos (Lv 27:7), traduzidos incorretamente para bodes, são sátiros, e descritos como dançarinos no deserto (Isaías 21:13i, 34:14), e são idênticos aos gênios dos bosques e desertos árabes. À mesma classe pertence Azazel, o demônio como um bode do deserto (Levítico 26:10). Ele, Azazel é provavelmente o chefe dos *se'irim*, juntamente com Lilith (Isaías 34:14).[1]

Possivelmente no verso "as gazelas e cervas do campo", do Cântico dos Cânticos, dito por Shulamit, que evoca as filhas de Jerusalém para trazê-la de volta para o seu amante (Cânticos dos Cãnticos 2:7 e 3:15), são espíritos faunos semelhantes aos *se'irim*, e provavelmente de caráter inofensivo.

O deserto como a casa dos demônios foi considerado o lugar de onde as doenças, como a lepra, se originaram e, em casos de hanseníase, uma ave era separada para ser oferecida como sacrifício expiatório e solta para poder levar a doença de volta para o deserto (Levíticos 14:7, 52).

---

[1] Fonte: Encicoplédia judaica, com adendos e explicações do autor.

Contágio

Uma das palavras bíblicas hebraicas para "lepra" é *Nega Rá*, cujo significado literal é "contágio do mal", mas que esconde um segredo mais tenebroso.

Do casamento de Aza e Azael com as filhas de Adão, nasceram as almas da *Érev Rabi br bre* (multidão mista), almas híbridas dos demônios que são a causa de toda a dor no mundo.

Essas almas maléficas são os Nefilim (caídos), os Giborim (poderosos), os Anakim (gigantes), os Refaim (sombras) e o Amaleq, que é o arqui-inimigo da consciência israelita. As iniciais dos nomes destes cinco povos híbridos formam o acrônimo *Nega Rá*, cujo significado, como revelado acima, é "contágio do mal".

Animais eram oferecidos como um *vessel* (recipiente) para que o demônio entrasse nele e fosse banido de volta para o deserto, como o chamado "bode expiatório" (*Se'ir le'Azazel*) que era enviado para o deserto para o demônio em *Yom há'Kippurim* – O dia do Perdão. *Se'ir le'Azazel* é literalmente "O bode para Azazel".

O satã

A força do satã é derivada do ego humano, que é a luz que sustenta o mundo obscuro.

"A bondade das nações é o pecado..."

MISHLEI 14:34

O significado deste verso é que toda caridade e bondade feitas pelas nações do mundo são apenas para sua própria autoglorificação.

Mas o que significa "nações?" A *nefesh bahamit* (alma animal) de uma pessoa é chamada pelo Código *goy*, que significa "nação" e alude aos aspectos negativos anexados na alma (*nefesh*) de uma pessoa. Esta *nefesh* tem origem nas *Qlipot* de Adam Belial – o Adão das trevas (Adão negro) que se formou com a queda do Adão primordial, e esta *nefesh* é cheia de *tumá* (impureza).

Quando uma pessoa tem apenas esta e não trabalhou para merecer outra "*nefesh* de cima" (da Árvore das Vidas), toda a bondade que ela pratica é motivada pelo mal (o ego) e, portanto, é pecado, e este é o significado do verso.

Uma pessoa pode ter até quatro almas. Digamos, por exemplo, que ela tenha duas, uma das *qlipot* e uma da Árvore das Vidas. Ambas estão impuras, porque a centelha de *Adam ha'Rishon* (Adão primordial) caiu, na fragmentação, para dentro das *qlipot* e se impurificou, pois ambas se misturaram e adquiriram uma da outra o mal e o bem. Assim, quando uma *nefesh* das *qlipot* entra em um corpo, ela possui um pouco de bem que adquiriu de outra que se misturou com ela, mas usa este bem para fazer o mal.

Se uma pessoa trabalha para melhorar e retificar a sua alma, em algum ponto da vida ela receberá ajuda, e este é o significado de "aqueles que querem se tornar puros são ajudados de cima, mas os que querem se sujar são ajudados de baixo". O significado é que, quando uma pessoa quer melhorar e retificar sua *nefesh*, uma outra lhe é enviada de cima. É possivel que esta *nefesh* esteja no corpo de uma pessoa que o queira prejudicar, mas, por ter mérito de outra vida, recebeu uma *nefesh* boa. E o que acontece então? A bondade que existe na alma do perverso é adquirida por aquele que está se esforçando para ser uma pessoa melhor, e toda a maldade que existe na alma dela passa para aquele que está tentando prejudicá-lo e, assim, o mau se torna mais mau e o bom se torna mais bom, e é por esta razão que existem pessoas que têm elevações maravilhosas e pessoas que têm pioras incríveis, e tudo é um segredo da reencarnação.

Por esse motivo secreto é que eu disse: "O que é seu, virá para você, e, no entanto, o que não é seu lhe será tirado". Isso depende de *zechut* (mérito) ou ausência dele, porque pode ser que a pessoa receba o mal, porque o mal ela o fez por merecer, e pode ser que a pessoa receba o bem, porque o bem ela o fez por merecer.

Esse também é o segredo de: "A nação possui (de possuir) o rei que merece". O rei é o *ruach* (espírito) que pode ser um *ruach ha›qodesh* (espírito sagrado)" ou um *ruach ha›rá* (espírito impuro) chamado de *shin dalet* (demônio), e isso depende de suas ações e do mérito que ela adquiriu e daqui muitos outros mistérios dependem de muito estudo e sabedoria.

Sorte e azar

Aprendemos que certas pessoas são preparadas para certas coisas. Há pessoas que são preparadas, ou seja, habilitadas para alcançar bênções, enquanto outra está habilitada para maldições. Bilam, o mago, que era a parte negativa do coração de Moisés, estava pronto para o mal, mas não habilitado para o bem; e mesmo quando ele abençoou, suas bênçãos não foram cumpridas, mas suas maldições sempre prevaleceram. Havia um homem que era reconhecidamente apto para ser o único a levar o bode "expiatório" para "Azazel" para a montanha e empurrá-lo como oferta para o demônio. Aprofundando-se aqui, aprendemos que nem todos podem alcançar ou receber bênçãos e, do mesmo modo, outros não podem receber maldições. Assim, também aprendemos que nem todo o que se diz "abençoador" (algum eloquente líder religioso) pode abençoar, e que todas as palavras que são da boca dele são maldições, mesmo quando disfarçadas com bondade, porque ele é um membro da *Erev Rabi* (multidão mista dos filhos da serpente) e não é bom se aproximar dele. Até aqui o assunto pode ser dito!

21 gramas

Na sexta temporada, no último DVD do Box, há um maravilhoso documentário intitulado "*Supernatural* e a busca pela alma". Este é um dos meus episódios favoritos.

A experiência apresentada no filme, é a que se segue nas próximas linhas:

21 gramas

No início do século XX, o Dr. Duncan "Om" MacDougall (c. 1866-15 de outubro de 1920) foi um médico em Haverhill (Massachusetts) que procurou medir a massa supostamente perdida por um corpo humano, quando a alma deixava o corpo após a morte.

Em 1901, MacDougall pesou seis pacientes, enquanto eles estavam em processo irreversível de morte por tuberculose em um lar de idosos. Ele os havia pesado em leitos especialmente preparados e calibrados para este fim. Foi relativamente fácil determinar quando a morte aconteceu. Ele levou os seus resultados (uma quantidade variável de perda de massa percebida na maioria dos seis casos) para apoiar sua hipótese de que a alma tinha massa e determinar quando a alma partia do corpo, através da perda desta massa.

Ele determinou que a alma pesa 21 gramas e baseou-se na média de perda de massa dos seis pacientes, momentos após a morte.

Experimentos com ratos e outros animais ocorreram. Notavelmente a pesagem após a morte de ovelhas determinou que elas adquiriam massa por alguns minutos e depois essa massa desaparecia. Uma hipótese foi criada de que um portal para a alma era formado após a morte, que, em seguida, era atravessado pela entidade.

MacDougall também mediu 15 cães em circunstâncias semelhantes e relatou os resultados como "uniformemente negativos", com nenhuma mudança percebida em suas massas. Ele usou esses resultados para confirmar de que a alma tinha peso e que os cães não têm alma. Queixas contra MacDougall, de que ele não fora capaz de encontrar cães que morreram de causas naturais, o que teria sido ideal, levaram o autor à conjectura de que ele estava envenenando cães para realizar esses experimentos. Em março de 1907, os resultados dos experimentos de MacDougall foram publicados no *Jornal da Sociedade Americana de Pesquisas Psíquicas* e na revista médica *Medicina Americana*, enquanto a notícia foi espalhada para o público em geral pelo New York Times.

Seus resultados nunca foram reproduzidos, e geralmente são considerados com pouco ou nenhum mérito científico.

O Dr. MacDougall constatou que a alma humana pesa 21 gramas e ganhou a apreciação do público.

Em 2003 a tese foi usada em um filme com o título *21 Gramas*.

Rabi Chaim Vital e a alma

Em seu *Portão das reencarnações*,[1] o Rabi Chaim Vital nos ensina que a alma tem cinco nomes: nefesh, ruach, neshamá, hayá e yechidá. São níveis de espiritualidade que a humanidade vai atingindo gradualmente.

Foi-nos ensinado que, ao nascer, o primeiro nível entra no corpo (*nefesh*). Aos 13 anos, durante o ritual de Bar Mitzvá, o segundo nível

[1] *Sha'ar Ha'Gilgulim* (O Portal das Reencarnações).

(*ruach*), e aos 20 anos o terceiro nível. Os outros dois são um segredo escondido.

O último nível da alma, a yechidá, se oculta no partzuf (rosto) mais elevado da Árvore das Vidas, chamado *Keter* (coroa). Neste recipiente divino está o nome "Eheyeh (Serei)", cujo valor numérico em gematria hebraica é exatamente igual a 21.

É verdade, a alma tem massa, peso, e esta massa é exatamente de 21 gramas.

O mau dia

Dean Winchester:
(olhando para Sam)
– O quê?

Sam Winchester:
– Perdi meu sapato.

Dean Winchester:
– Eu sou o Batman.

Sam Winchester:
(sarcasticamente)
– Sim, você é Batman.

Sam Winchester:
– Perdi meu sapato.

No Zohar encontramos um segredo sobre os dias que são dados ao homem para sua vida na Terra:

"Os dias que hão de constituir a vida do homem estão todos unidos no momento de seu nascimento. Então, eles descem à Terra, um depois do outro, e cada um exorta o homem a não pecar em seu dia. Quando o dia vê que o homem não o escutará, mas está determinado a pecar, ele se enche de vergonha. Então retorna para as regiões superiores e dá o testemunho dos atos do homem e é apartado do resto de seus dias para sempre. Entretanto, se o homem se arrepende, então o dia, que foi banido do céu devido aos pecados do homem, tem permissão para voltar".

Perguntamos, então, o que é feito do dia que foi banido quando o homem não se arrepende? O Zohar responde com as seguintes palavras:

> "De outro modo, o dia desce à Terra e toma posse de uma certa casa. Depois de tomar a forma de homem, tenta induzir o dono da casa a fazer o mal".

Aqui, a expressão popular "Nunca fale com estranhos" ganha um sentido amedrontador. Você não sabe quem é o "estranho", e pode ser que ele seja o "mau dia" que, banido dos dias do homem, vaga sem dono até encontrar alguém que, não possuindo mérito por boas ações, esteja destinado a poderosas restrições.

Assim, o dia banido transforma-se num demônio que irá possuir uma casa e levar o inferno ao dono da residência.

O que será destes que não possuem o conhecimendo da Sabedoria Escondida e não têm ferramentas para banir o mal e se proteger dele?

Portanto, aquele que despreza a Sabedoria e a troca pela busca tola de bens materiais e riquezas sofrerá as consequências por haver desprezado os céus. Ele conhecerá o "inferno na Terra".

Muitas vezes a pessoa precisa de um amuleto para se proteger, até mesmo do "dia ruim".

Dean Winchester:
– O quê?
Sam Winchester:
– Perdi meu sapato.

"Não há nada mais temível para o sábio do que encarar o seu próprio demônio interior, pois a iluminação traz à luz o antigo e temível inimigo que antes se ocultava nas sombras".

Bën Mähren Qadësh

Sigilos

Pessoas estão sempre buscando maneiras de se proteger das consequências dos pecados que cometeram na vida. Procuram magos, bruxos, benzedeiras, buscando uma maneira de cancelar julgamentos.

Como explicado anteriormente, pessoas trazem sobre si inúmeros prejuízos, atraem para si criaturas tenebrosas das trevas que se anexam a eles, os prejudicando-os em todos os lados.

Em *Supernatural*, Dean e Sam possuem o conhecimento dos selos angélicos com os quais podem convocar e afastar anjos, protegendo-se de julgamentos e de seres angélicos e demoníacos que queiram prejudicá-los. Este conhecimento é antigo e familiar, transmitido de geração a geração. No caso, muito do que os Winchester possuem de conhecimento veio através do pai e do tio Bob.

Nos tempos de Enoque, os homens foram instruídos e treinados em magia e adivinhação, e na arte de controlar as forças celestes (os anjos). Adão trouxe com ele do Jardim do Éden o conhecimento das "folhas da Árvore" (conhecimento dos mistérios divinos), mas ele, sua esposa e filhos não os praticavam. Mas, quando chegou, Enoque viu a vantagem destas artes divinas e como os cursos celestiais (os anjos) podem ser alterados por elas, e ele e sua geração as estudaram e praticaram, magia e adivinhação. Estas artes divinas caíram nas mãos da geração do dilúvio e foram praticadas e usadas para os maus propósitos por todos os homens da época. Baseando-se nestas artes, desafiaram Noé, dizendo que sobre eles nunca se executaria a justiça divina porque eles conheciam a maneira de evitá-la. A prática destas artes começou com Enoque, e então se diz de seu tempo: "Então eles começaram a invocar o Nome do Senhor...". Mas eles o fizeram para fins próprios e profanos (como muitos estão fazendo hoje, usando a CABALA para fins impuros e para satisfação pessoal).

Os homens conheciam os sigilos angelicais, sabiam como se proteger do julgamento divino e, portanto, enganaram-se achando que Deus não os poderia punir por seus pecados. Conheciam o anjo encarregado do fogo, o anjo encarregado da água, e achavam estar protegidos.

A questão com os selos angélicos é que eles realmente funcionam para todos, independentemente se são bons ou maus, mas, para os maus esta proteção será temporária, pois o Sagrado encontrará uma brecha para trazer sobre eles o julgamento por seus pecados.

A palavra "sigilo" vem do hebraico *segulá* (סגולה), que significa, entre outras coisas, "remédio", e alude a um amuleto escrito com nomes de anjos e Nomes Divinos, além de versículos da Torá e do Tanach.

Arginutin – O demônio no banheiro

O *midrash* em Gênesis *rabba* revela que há em todos os banheiros, em todas as casas, um demônio chamado Arginutin, e o Zohar nos instrui que este demônio toca as mãos de todas as pessoas quando estas entram no banheiro, e então é preciso lavá-las adequadamente com água pura para eliminar as energias negativas deixadas pelo toque do demônio.

A palavra hebraica para banheiro é *Beit shimush*, geralmente abreviada, como no inglês WC, para (ב"ש). Quando calculamos o valor gemátrico (numérico) desta abreviação encontramos 304. Esta, por sua vez, é a gematria de shéd (ש"ד), "demônio", e também de *rotzach* (רוצח), que se traduz como "assassino".

Bem, você pode perguntar: "Tá, e daí?" A palavra "germes" transliterada para o hebraico se escreve com *Guimel, alef, resh, mem e samech* (גארמס) e a sua gematria é exatamente 304.

Aí está a carruagem de Arginutin. Os germes são o demônio assassino que toca as mãos das pessoas quando estas entram no banheiro. Antigamente, os banheiros eram fora das casas. Por que será? A higiene é o *tikun* (correção) que elimina a sujeira. Assim, da mesma forma, a Sabedoria, a Compreensão e o Conhecimento eliminam o Carma, e esta é a única maneira de não adquirir ebola, pois somente a higiene não vai nos salvar.

Hoje em dia, os banheiros são dentro das casas e tendem a ser mais higienizados, mesmo assim, não deixo a escova de dentes lá dentro.

"O demônio não pode possuir aqueles que não lhe pertencem, vessels *(recipientes) que não foram criados de acordo com a 'genética do Inferno', mas de acordo com a 'genética celestial', e assim somente podem ser possuídos por aqueles que foram os artífices de suas carruagens".*

Bën Mähren Qadësh

Metamorfos

Em *Supernatural*, existem os demônios que assumem a aparência de pessoas conhecidas, matando-as e tomando os seus lugares sem que sejam notados ou descobertos, a não ser por aqueles que possuem o conhecimento, os quais são, na série, os irmãos Winchester.

Metamorfose é o quarto episódio da quarta temporada. Foi ao ar em 9 de outubro de 2008. Sam e Dean descobrem que Jack Montgomery (ator convidado Dameon Clark), um homem de família, está se transformando em um *Rugaru*, uma criatura que começa como um humano, mas se transforma em um monstro comedor de carne. As pessoas que estão infectadas não entendem o que está acontecendo, até que elas se transformem em canibais e comam outra pessoa. Entendendo o que é ser vítima de um destino distorcido, Sam acredita que pode argumentar com Jack e convencê-lo a controlar seus impulsos. Dean não acha que o comportamento animalesco de Jack pode ser subjugado e decide que a única coisa honrosa a fazer é matá-lo.

Mas, na vida real existiriam tais criaturas tenebrosas? Existiriam *shedim* capazes de assumir as aparências de pessoas conhecidas, substituindo-as e tomando os seus lugares? A resposta é sim!

De acordo com o Talmude, Shlomo HaMelech (o rei Salomão) foi temporariamente deposto como rei do povo judeu pelo chefe demônio Ashmedai (Asmodeus).

Narrei acima previamente, no capítulo sobre Asmodeus, como o rei Salomão, com a ajuda do demônio, encontrou o *shamir* para cortar as pedras que foram usadas no templo. Após esta experiência, o rei Salomão disse:

"Qual é a sua superioridade sobre nós?" Ashmedai respondeu: "Remova esta corrente do meu pescoço e me dê o seu anel e o seu sinete, e eu lhe mostrarei a minha superioridade".

Nem bem Shlomo há'Melech aceitou e cumpriu o desafio do demônio, já Ashmedai repentinamente o arrebatou, engoliu e esticou as asas, tocando o céu com uma e a terra com outra, e cuspiu-o novamente a uma distância de 400 milhas. É com referência a este tempo que Shlomo disse: "Qual é o proveito de um homem que labuta sob o sol?" (Qohelet 1:3), e "Esta é a minha porção de todo o meu trabalho" (Qohelet 2:10). Por que o rei Salomão disse isto? A que se refere? Rabino Shmuel argumentou que foi devido ao tempo em que Shlomo, expulso do trono real, andou de porta em porta, mendigando, enquanto Asmodeus, assumindo sua aparência, sentou-se no trono em seu lugar. Onde quer que fosse, o rei Salomão dizia: "Eu, o Sábio, fui rei sobre Israel em Jerusalém" (Qohelet 1:12).[1]

Depois de ser derrubado por Ashmedai, a estatura do rei Shlomo foi reduzida drasticamente, e ele foi deixado apenas com suas roupas e seu manto.

Em decorrência dessa experiência, o Talmude diz que Shlomo ha'Melech viveu com medo de Ashmedai pelo resto da sua vida, um claro sinal do impacto duradouro que seu encontro com a morte espiritual, deixado por Asmodeus, causou.

Esse tipo de metamorfose e troca não aconteceu apenas com o rei Salomão. Continua acontecendo até os dias de hoje.

Existe um segredo sobre Hadassa, a judia, que foi dada para ser esposa do rei Xerxes (Achashverosh/Ahassuerus) e por que seu nome foi mudado para Esther. O Zohar revela este mistério:

O nome "Esther" é derivado da palavra *séter*, cujo significado é "esconder/ocultar", como escrito "você é meu lugar escondido" (Tehilim

[1] Eclesiastes.

32:7), desde que a Shechiná (Divina Presença) a escondeu de Ahasuerus e lhe deu um demônio fêmea em lugar de Esther. E Mordechai, que soube o nome explícito e as 70 línguas, fez tudo isto com sabedoria e trocou propositalmente o nome de Hadassa para ocultá-la do rei Xerxes. Esta foi a razão por que os sábios da Mishná indicaram que, não obstante, um homem deve falar com sua esposa antes que mantenha relações sexuais com ela, pois ela pode ter sido trocada por um demônio fêmea.

Isso é verdadeiro para uma mulher que venha do aspecto da árvore do conhecimento do bem e do mal, ela é trocada por um demônio feminino, mas. se for do aspecto da Shechiná, ela permanece a mesma.

Portanto, a conclusão mediante esses mistérios revelados é que metamorfos existem e todos os seres humanos que não conhecem a Sabedoria superior estão sujeitos a serem suas vítimas.

Dean:

"– Sam adora pesquisa. Ele faz isso. Ele mantém sob seu colchão com seu KY".

Sam:

"– Precisamos conversar".

Jack:

"– Sobre?"

Sam:

"– Sobre você. Sobre como você está mudando."

Jack:

"– Com licença?"

Dean:

"– Você provavelmente está sentindo seus ossos se movendo sob sua pele. E seu apetite está alcançando, você sabe, níveis de hipopótamos famintos, famintos. Como estou indo até agora?"

Gates of hell

Os portões do inferno

Conto místico

Cristian chegou em frente às portas do *Gehinom* (inferno), mas seu coração ainda batia. As gigantescas folhas da porta se abriram, rangendo com um barulho estridente. O calor esbofeteou-lhe a face e uma voz grave e terrível fez-se ouvir, vinda de dentro da caverna feita de lodo, cujo cheiro provocou-lhe náuseas.

– Conheces a razão por que ganhastes residência no *Gehinom*? – perguntou o Samael cujo corpo coberto estava escondido por um manto com um capuz sobre a cabeça. Somente o brilho vermelho dos seus olhos era visível.

– Não! Eu não sei – respondeu-lhe Cristian, tentando fazer-se de inocente. – Toda minha vida eu fui um bom cristão – terminou.

– Você nunca leu o Zohar Sagrado? – devolveu-lhe satã, apontando-lhe o terrível ser cujo corpo estava cheio de olhos, que estava à esquerda do portão e segurava, também, na mão esquerda, uma longa espada negra.

– O que é ele? – respondeu-lhe Cristian, enquanto seus ossos sacudiam-se de medo a cada vez que Samael lhe fazia uma pergunta.

– Percebo perfeitamente que não estudastes as palavras da Sua Sabedoria, pois, se assim o tivesses feito saberias que os circuncisos não descem ao *Gehinom*!

Assim dizendo, Samael fez um sinal com o indicador esquerdo para o "anjo da morte", que se aproximou de Cristian e perfurou-lhe o "ventre" com a espada que segurava com os esqueléticos dedos da mão esquerda.

– Levem-nos para o *Avadon*, arranquem-lhe a alma, mas mantenham seu corpo vivo sobre tortura eterna, até que o Santo, bendito seja Ele, destrua a morte para sempre – ordenou o senhor das sete câmaras do inferno.

"Feliz é Israel, a quem o Santo, bendito seja Ele, escolheu dentre todas as outras nações para receber o sinal da circuncisão. Porque quem mantém esse sinal não descerá ao *Gehinom*".[1]

---

[1] Zohar Sagrado, Parashat Lech Lechá.

"O homem é um deserto repleto de uma biodiversidade esotérica, uma verdadeira selva cheia de animais perigosos, Djinn e demônios de todas as espécies. A alma caminha por este deserto e deve ser instruída sobre tais mistérios para que não seja escravizada. A espada será sua única ferramenta".

Bën Mähren Qadësh

A rainha dos demônios

Considerando Mahlat e Agrat como nomes próprios, e *bat* como "filha" (hebraico), Agrat bat Mahlat significa "Agrat, filha de Mahlat". Às vezes Agrat é utilizado sozinho, ou com variações (Agrath, Igrat, Iggeret). Iggeret significa "carta ou missiva" em hebraico, enquanto "agrah" significa "recompensa". Mahathallah, provavelmente a grafia correta de Mahlat significa "decepção", em hebraico, ou "ilusão". Portanto, Agrat bat Mahlat poderia ser traduzido como "filha de ilusões", Agrat, "portadora de engano" ou "recompensa por engano".

Na cabala, ela é uma rainha dos demônios e um dos quatro anjos da sagrada prostituição, que acasala com o arcanjo caído Samael. Suas companheiras são os súcubos Lilith, Naamah, e Eisheth Zenunim. Na literatura rabínica de Yalkut Hadash, nas vésperas da quarta-feira e do sábado, ela é o "demônio que dança no telhado" e que assombra o ar com sua carruagem, seu trem de 18 miríades de mensageiros da destruição. Ela dança enquanto uiva de Lilith. Ela também é a "amante das feiticeiras", que comunicou segredos mágicos para Amemar, um sábio judeu.

De acordo com a Cabala e a escola de Rashba, Agrat bat Mahlat acasalou com o rei David e teve um filho que foi transformado em Asmodeus, o rei dos demônios. A intervenção espiritual de Hanina ben Dosa e do rabino Abaye restringirão seus poderes maléficos sobre os humanos.[1]

---

[1] Enciclopédia Judaica e Cabala: Lilith e os Demônios.

Alguns autores, como Donald Tyson, se referem-se a elas como manifestações de Lilith. Agrat bat Mahlat governa Salamanca (quadrante oeste), Naamah governa Damasco (quadrante leste), enquanto Lilith governa Roma (bairro norte). O bairro do sul é controverso, uma vez que é atribuído a um país (Egito), em vez de a uma cidade, e a governante, é claro, é geralmente identificada como Mahalat (a mãe de Agrat) ou Raabe, em vez de Eisheth.

"Não tenha medo. Nós vamos salvar o mundo".
Lilith, em *Lucifer Rising*

Amuleto contra Lilith

Vampiros

Durante a série, Dean e Sam combateram e mataram muitos vampiros, sanguessugas de todos os tipos. Mas seria verdade? Vampiros existem?

No livro de Mishlei (Provérbios de Salomão) é dito: "o Alukah (sanguessuga) tem duas filhas que clamam dá-me, dá-me" (Provérbios 30:15).

O sugador de sangue ou vampiro, cujas duas filhas choram "dá-me, dá-me" é ninguém menos que o vampiro devorador de carne dos árabes, chamado por eles Aluk. Ele foi proferido na mitologia judaica, como o demônio do mundo inferior (Talmud tratado Avodah Zarah 17a), e suas duas filhas têm com toda a probabilidade nomes de familiares de doenças temidas. Dever (peste), originalmente a picada mortífera do deus-sol de verão Nergal, e Keṭeb (espancador), o vento mortal quente (Deuteronômio XXXII 24; Isaías XXVIII 2), são demônios, o que anda na escuridão, outro que ataca junto ao meio-dia (que aflige ao meio-dia), contra o qual a proteção de Deus é invocada no salmo 91 atribuído a Moisés pelos rabinos. Possivelmente o espírito do mal que conturbava Saul (I Sam. XVI. 14.) era originalmente um demônio e se transformou em um espírito maligno vindo de Yhwh (Deus). Nenhum desses demônios, no entanto, tem realmente um lugar no sistema de teologia bíblica, é o Senhor que envia pestilência e morte (Ex. 3 IX, XII 29), Dever e Reshef (o redemoinho de fogo) são seus arautos (Habacuque III: 5).

Os *shedim* são não deuses (Deuteronômio XXXII 17). Não há nenhum poder sobrenatural além de Yawh יְהוָה (Deuteronômio IV 35; Talmude tratado Sanh 67b). É possível, no entanto, que, em uma fase posterior do desenvolvimento do judaísmo, os ídolos tenham sido considerados como demônios chamados *shedim* pelo sagrado escritor (Deut. XXXII 17; Ps 37); tanto mais quanto a este último atribuída uma certa realidade aos ídolos (Êxodo XII 12;.. Isaías XIX 1, XXIV 21;).

Caim – O primeiro vampiro

Depois que Adão e sua esposa pecaram, e a serpente teve relações sexuais com Eva e injetou sua impureza nela, Eva deu à luz a Caim e por isto disse: "alcancei do Divino um homem (קָנִיתִי אִישׁ אֶת־יְהוָה׃)" – Gênesis 4.

Ele foi chamado "Ish (איש)" porque era divino, metade anjo e metade humano, assim como Noé (*ish tzadik*) e Moisés (*ish ha'Elohim*), porque o pai dele era um anjo (Samael).

Ele tinha o formato dos de cima e dos de baixo a partir do segredo da impureza do Outro Lado (Sitra Achara), e do lado de baixo das forças externas. Portanto, ele foi o primeiro a trazer a morte para o mundo. A natureza da serpente é espreitar para matar, e sua prole, Caim, aprendeu seus caminhos. E assim está escrito, "e aconteceu que, quando estavam no campo, Caim se levantou contra Abel, seu irmão, e o matou" (Gênesis 4: 8).

Rabbi Simeão disse: "Encontrei em livros antigos que, quando Caim matou Abel, ele o mordeu como uma serpente até que o matou. Ele drenou a sua alma até que ele morreu".

A Torá diz: "Porquanto a alma de toda a carne é o seu sangue; por isso tenho dito aos filhos de Israel: Não comereis o sangue de nenhuma carne, porque a alma de toda a carne é o seu sangue; qualquer que o comer será extirpado" (Levítico 17:14).

כִּי־נֶפֶשׁ כָּל־בָּשָׂר דָּמוֹ בְנַפְשׁוֹ
הוּא וָאֹמַר לִבְנֵי יִשְׂרָאֵל דַּם כָּל־בָּשָׂר לֹא תֹאכֵלוּ כִּי נֶפֶשׁ כָּל־
בָּשָׂר דָּמוֹ הִוא כָּל־אֹכְלָיו יִכָּרֵת׃

Através disso compreendemos que Caim bebeu o sangue de seu irmão Abel até que a sua alma fosse drenada dele e, então, ele morreu.

Quando um mistério da Torá é revelado e se ele é um mistério verdadeiro, junto com ele o Santo, bendito seja Ele, envia as evidências. Eu procurei por Alukah (עֲלוּקָה), que é o nome do Draculá-Vampiro chamado pelo rei Salomão em Mishley 30:15, e junto com este código veio escrito "Veio para se transformar em vampiro...", e cruzando Alukah está o verso que narra a concepção e o nascimento de Caim. Ele é o pai de todos os vampiros.

"Há uma geração cujos dentes são espadas, e cujas queixadas são facas, para consumirem da Terra os aflitos e os necessitados dentre os homens. A sanguessuga tem duas filhas: Dá e Dá. Estas três coisas nunca se fartam; e com a quarta, nunca dizem: Basta!" (Provérbios 30:14,15).

Há um segredo profundo neste verso, que ainda não havia sido revelado em qualquer escrito esotérico e que revelarei adiante.

Os Yemim

Se você acha que filmes de vampiros e monstros são criações de mentes desocupadas, então, não leia o que vem a seguir:

Zohar Parashat Vayishlach: "E estes são os filhos de Tziv'on, ambos Aya e Ana: esta é Ana que encontrou os 'Yemim' no deserto" (Gênesis 36:24).

Rabi Elazar e Rabi Yitschac estavam viajando e viram uma montanha com criaturas estranhas circulando em seu pico. Rabi Elazar garantiu a Rabi Yitschac que ele não precisava temer essas criaturas, pois só quem teme seus próprios pecados tem motivos para temer, e então ele começou uma discussão sobre o verso título.

Os Yemin, disseram-nos, são descendentes de Caim. São seres artificiais criados a partir do lado de espíritos malignos no momento em que o sábado estava prestes a ser santificado. Embora sejam capazes de se "vestir" em corpos uma vez ao dia, eles permanecem sem um corpo próprio, porque foram repudiados tanto pelo sexto como pelo sétimo dia, porque o espírito de impureza está atado a eles, e ainda há mais para se aprender. Ana foi capaz de encontrar esses espíritos e eles lhe ensinaram sobre questões atinentes à contaminação. Mas quem anda nos caminhos (os 32 caminhos secretos) do Santo, bendito seja Ele, poderá encontrá-los sem medo, pois eles não lhes poderão causar dano".

"Todos os terrores diurnos ou noturnos que apavoram a humanidade não são os exteriores. É o que caminha na escuridão de si mesmo que teme o homem. É o horror de encarnar o que vive em sua própria sombra que o faz adoecer. Ninguém jamais encontrou a Luz sem atravessar o vale sombrio, sem enfrentar todos os terrores que vivem nas sombras interiores. É por esta razão, por este motivo, que o homem teme até mesmo uma simples aranha, e mesmo um pequenino inseto o pode aterrorizar até as profundidades da alma, e foi mesmo por temer e horrorizar-se com os animas ferozes que caminham no seu interior, e por não querer conhecê-los e nem os enfrentar que muitos se tornaram verdadeiros monstros".

Bën Mähren Qadësh

O Alukah

Há muitos anos li, claro, pela internet, um artigo que dizia que, durante o ocupação nazista, os homens da SS tinham viajado até a Romênia e lá aberto a cripta de Vlad, o Empalador, e, surpresos, a descobriram vazia. Fizeram isto sob o comando de Himmler. Se foi verdade, talvez, nunca saibamos. Mas o que é verdadeiro segue aqui:

Em Mishlei (Provérbios de Salomão) existe, no capítulo 30, um verso enigmático. Ele diz: "A sanguessuga tem duas filhas que dizem: Dá-me e dá-me. Estas três coisas nunca se fartam..."

עֲלוּקָה שְׁתֵּי בָנוֹת הַב הַב שָׁלוֹשׁ הֵנָּה לֹא תִשְׂבַּעְנָה אַרְבַּע לֹא־אָמְרוּ הוֹן׃

Provérbios 30:15

O verso original hebraico diz: "O alukah tem duas filhas que dizem: Dá-me, dá-me". Alukah (עֲלוּקָה) é o termo hebraico para "vampiro". Em algumas traduções, os tradutores católicos escolheram a sanguessuga para o significado de Alukah e, talvez, você, que agora está lendo este artigo, seja tentado a concordar com os tradutores. Não tenha pressa, pois vou revelar-lhe algo que o fará olhar em outra direção.

Os versos anteriores dizem: "Há uma geração cujos olhos são altivos, e as suas pálpebras são sempre levantadas. Há uma geração cujos dentes são espadas, e cujas queixadas são facas, para consumirem da Terra os aflitos, e os necessitados dentre os homens. A sanguessuga tem duas filhas: Dá e Dá. Estas três coisas nunca se fartam; e com a quarta, nunca dizem: Basta!".

--יג דוֹר, מָה-רָמוּ עֵינָיו; וְעַפְעַפָּיו, יִנָּשֵׂאוּ. יד דוֹר, חֲרָבוֹת שִׁנָּיו
וּמַאֲכָלוֹת מְתַלְּעֹתָיו: לֶאֱכֹל עֲנִיִּים מֵאֶרֶץ; וְאֶבְיוֹנִים, מֵאָדָם. טו לַעֲלוּקָה,
שְׁתֵּי בָנוֹת-- הַב הַב: שָׁלוֹשׁ הֵנָּה, לֹא תִשְׂבַּעְנָה; אַרְבַּע, לֹא-אָמְרוּ הוֹן.

Provérbios 30:13-15

Note que marquei algumas letras dentro dos três versos citados acima, e se você as juntar no sentido da esquerda para a direita vai descobrir um nome: Vlad Terceiro!

O nome está soletrado dentro destes três enigmáticos versículos a cada 39 saltos equidistantes, e não há apenas este segredo. No final o verso 14 diz "dentro à humanidade (מאדָם)", que foi traduzido ou ganhou este significado a partir do termo *me-adam* (מאדָם), que é literalmente "homem", e se seguirmos deste termo para frente temos *me--adam le'aluká shet* (מֵאָדָם לַעֲלוּקָה, שְׁתֵּ)..." cuja tradução é "de homem para vampiro se transforma...

מֵאָדָם לַעֲלוּקָה, שְׁתֵּ

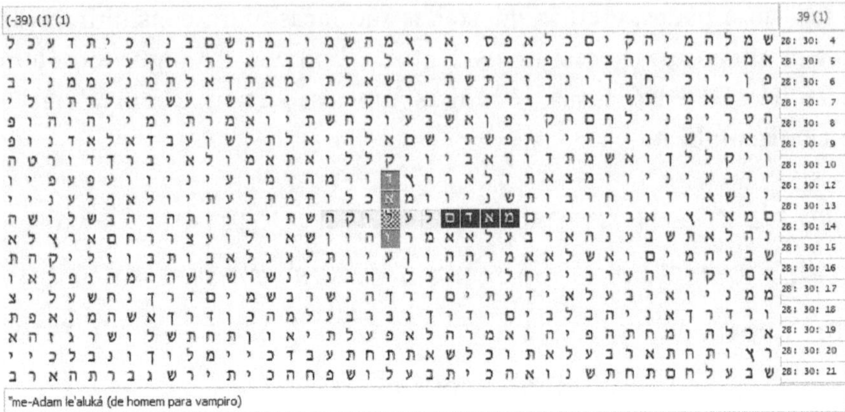

Você ainda poderá questionar, mas, lembre-se: o verso não apresenta apenas a palavra Alukah (vampiro/sanguessuga) mas também o nome deste vampiro, que é Vlad! Na tabela criptográfica acima você pode ver "Vlad" cruzado por "de homem para vampiro se transforma...". A palavra *shet* (שֵׁת) vem do hebraico bíblico e significa "substituir" como em Gênesis, capítulo 4:

וַיֵּדַע אָדָם עוֹד, אֶת-אִשְׁתּוֹ, וַתֵּלֶד בֵּן, וַתִּקְרָא אֶת-שְׁמוֹ שֵׁת: כִּי שָׁת-לִי
אֱלֹהִים, זֶרַע אַחֵר--תַּחַת הֶבֶל, כִּי הֲרָגוֹ קָיִן.

> *"E tornou Adão a conhecer a sua mulher; e ela deu à luz um filho, e chamou o seu nome Shet; porque, disse ela, Deus me deu outro filho em substituição a Abel..."*
>
> GÊNESIS 4:25

O vampiro existe, ele não está dormindo e seus passos podem ser ouvidos nos sombrios guetos da alma.

"Então, a religião e os religiosos criaram regras de santidade com fins de tornarem santa a humanidade, proteger casais e lares do monstro de dentes e garras afiadas que vive no exterior, mas a religião e os religiosos não ensinaram a humanidade a conhecer e se proteger do drácula empalador que vive no interior de cada um de nós. O verdadeiro demônio é o que mora dentro, e não fora de cada um de nós. A única maneira de conhecê-lo e de se proteger é despertando e conhecendo a si mesmo".

Bën Mähren Qadësh

Clavículas de Shlomo

Em *Supernatural*, durante vários episódios da série, os Winchester usam constantemente um livro contendo as "Clavículas de Salomão". Mas o que são estas "clavículas" e para que são usadas?

As Clavículas de Salomão,[1] também chamadas de *A Chave de Salomão* (em latim: *Clavis Salomonis*; hebraico: *Mafteach Shelomoh*) é um grimório[2] incorretamente atribuído ao rei Salomão. Provavelmente remonta ao Renascimento do século XIV ou XV italiano e apresenta um exemplo típico de magia renascentista.

É possível que a *Chave de Salomão* tenha inspirado trabalhos posteriores, particularmente o grimório do século XVII, também conhecido como *Clavicula Salomonis Regis*, a *Chave de Salomão* ou *Lemegeton*, embora haja muitas diferenças entre os livros.

Um texto hebraico sobrevive em duas versões, uma delas mantida na Biblioteca Britânica, em um manuscrito em pergaminho, separadas em BL Oriental MS 6360 e 14759.

O manuscrito BL foi datado do século XVI por Greenup, seu primeiro editor (1912), mas acredita-se agora ser um pouco mais jovem, que date do século XVII ou XVIII. A descoberta de um texto hebreu em segundo

---

1 Fonte: Wikipédia.

2 Livro de magia.

lugar na biblioteca de Samuel H. Gollancz foi publicada por seu filho, Hermann Gollancz, em 1903, que também publicou uma edição fac-símile, em 1914. O manuscrito Gollancz havia sido copiado em Amsterdã, em escrita cursiva sefardita, e é menos legível do que o texto BL. O texto hebraico não é considerado o original. É, sim, uma adaptação tardia judaica de um texto latino ou italiano. É provável que o manuscrito BL seja o arquétipo da tradução em hebraico, e o manuscrito Gollancz, uma cópia do BL.

Uma edição dos manuscritos latinos da Biblioteca Britânica foi publicada por S.L. MacGregor Mathers, em 1889. Em 1914, L.W. de Laurence publicou *A Chave Maior de Salomão*, diretamente com base na edição de Mathers.

A Chave de Salomão é dividida em dois livros. Ele descreve não a aparência ou o trabalho de qualquer espírito, mas apenas os desenhos necessários para preparar cada "experimento" ou, em linguagem mais moderna, operação mágicas.

Ao contrário de grimórios posteriores, como o *Pseudomonarchia Daemonum* (século XVI) ou o *Lemegeton* (século XVII), *A Chave de Salomão* não menciona a assinatura dos 72 espíritos aprisionados pelo rei Salomão em um vaso de bronze. Como na maioria dos grimórios medievais, todas as operações mágicas são ostensivamente realizadas através do poder de Deus, para quem todas as invocações são abordadas. Antes de qualquer uma dessas operações (denominadas experiências) serem realizadas, o operador deve confessar seus pecados e purificar-se do mal, invocando a proteção de Deus.

Grandes preparações são necessárias, e cada um dos numerosos itens utilizados nas experiências deve ser construído com os materiais apropriados obtidos da forma prescrita, no momento astrológico apropriado, marcado com um conjunto específico de símbolos mágicos e abençoados com suas próprias palavras específicas.

Todas as substâncias necessárias para os desenhos, mágicas e amuletos são detalhados, assim como os meios para purificar e prepará-los. Muitos dos símbolos incorporam o *Transitus Fluvii*, um alfabeto oculto.

De acordo com a história mítica do documento, conforme registrado em sua introdução, Salomão escreveu o livro para seu filho Roboão, e ordenou-lhe escondê-lo em sua sepultura, após a sua morte. Depois de muitos anos, o livro foi descoberto por um grupo de filósofos babilônicos que estavam restaurando o túmulo de Salomão. Ninguém poderia interpretar o texto, até que um deles, Iohé Grevis, sugeriu que eles deveriam suplicar ao Senhor por entendimento. O anjo do Senhor lhes apareceu e os fez prometer que manteriam o texto escondido dos indignos e dos ímpios, somente assim eles foram capazes de lê-lo claramente. Iohé Grevis então colocou uma conjuração sobre o livro para que o indigno, o imprudente ou aqueles que não temem a Deus não atingissem o efeito desejado de qualquer um dos trabalhos neles contidos.

Livro I

A Chave de Salomão. O Livro I contém conjurações, invocações e maldições para convocar e restringir os espíritos dos mortos e demônios, a fim de forçá-los a fazer a vontade do operador. Ele também descreve como encontrar itens roubados, tornar-se invisível, ganhar o favor e o amor, e assim por diante.

Livro II

O Livro II descreve várias purificações que o operador (chamado de exorcista) deve sofrer, como deve vestir-se, como os instrumentos mágicos utilizados em suas operações devem ser construídos, e quais sacrifícios de animais devem ser feitos como oferendas aos espíritos, apesar de serem controversas as oferendas e que devem estar de acordo com as legislações de cada país. Hoje em dia, tais sacrifícios não são necessários.

Anjos e magia

De acordo com a literatura rabínica, por conta de seu modesto pedido a Deus por sabedoria, Salomão foi recompensado com riquezas e um reino glorioso sem precedentes, que se estendia sobre o mundo superior habitado por anjos e sobre a totalidade do globo terrestre com todos os seus habitantes, incluindo todos os animais, aves e répteis, bem como os demônios e espíritos. Seu controle sobre os demônios, espíritos e animais aumentou o seu esplendor. Os demônios trouxeram-lhe pedras preciosas, além de água de países distantes para irrigar suas plantas exóticas. Os animais e as aves entravam na cozinha do palácio de Salomão de livre e espontânea vontade para servirem de alimento para ele, e refeições exóticas eram preparadas diariamente por cada uma das suas 700 esposas e 300 concubinas, acreditando que talvez o rei fizesse festa naquele dia em sua casa.

O selo de Shlomo

Um anel mágico chamado de "selo de Salomão" foi dado a Salomão e lhe deu poder sobre os demônios, e isto é confirmado pelo Zohar.

O símbolo mágico no selo de Salomão agora é mais conhecido como a estrela de David (*Magen David* ou Hexagrama).

Asmodeus, rei dos demônios, foi um dia, de acordo com os rabinos, capturado por Benaías[3] usando o anel, e foi obrigado a permanecer a serviço de Salomão. Em um certo conto, Asmodeus trouxe um homem com duas cabeças dos mundos inferiores da Terra[4] para mostrar a Salomão. O homem foi incapaz de voltar, casou-se com uma mulher de Jerusalém e teve sete filhos, seis dos quais se assemelhavam à mãe, enquanto um parecia com o pai, tendo duas cabeças. Após a morte do pai, o filho com duas cabeças alegou possuir duas partes da herança, argumentando que ele era na verdade dois homens. Salomão decidiu que o filho com duas cabeças era apenas um homem.

[3] Benaías (Benaiahu) era o filho do sarcedote Joiada, descendente de Aarão. Benaías fazia parte de um grupo de 30 soldados valentes e foi comandante do exército de Salomão. Foi chefe da guarda pessoal do rei David e era da tribo de Aarão. A mando do rei Salomão, matou Adonias, Joabe e Simei. Logo após a morte de Adonias, ele só foi mencionado no livro de Crônicas, desaparecendo da Bíblia desde então.

[4] Arka – um dos sete mundos intraterrenos mencionados no Zohar.

O selo de Salomão, em algumas lendas conhecido como o anel de Aandaleeb, foi procurado para ser usado como símbolo de poder. Em várias lendas, diferentes grupos ou indivíduos tentaram roubá-lo ou alcançá-lo de alguma maneira.

Outros artefatos

Outros itens mágicos atribuídos a Salomão foram sua chave e sua mesa. Sobre o último foi dito que fora fabricado em Toledo, Espanha, durante o governo visigodo, e era parte do espólio tomado por Tarik ibn Ziyad durante a conquista omíada da Ibéria, segundo a *História da conquista da Espanha*. O primeiro aparece no título da *Chave Menor* de Salomão, um grimório cuja história é sobre os demônios de Salomão capturados usando seu anel e forçados a servi-lo.

Anjos

Anjos também ajudaram Salomão na construção do templo, embora não por escolha. O edifício foi, segundo a lenda rabínica, milagrosamente construído, sendo que as grandes e pesadas pedras foram levitadas e encaixadas em seus respectivos lugares por si mesmas. A opinião geral dos rabinos é que Salomão cortou as pedras por meio do *shamir*, um verme mítico cujo simples toque (olhar) cortava as rochas. De acordo com o *Midrash Tehillim*, o *shamir* foi trazido do paraíso pela águia de Salomão, mas a maioria dos rabinos diz que Salomão foi informado da localização do verme por Asmodeus. O *shamir* tinha sido confiado pelo príncipe do mar ao galo da montanha, e o galo tinha jurado guardá-lo, mas os homens de Salomão encontraram o ninho do pássaro e cobriram com vidro. Quando o pássaro voltou, usou o *shamir* para quebrar o vidro; os homens, com medo do pássaro, fizeram cair o verme e, tomando-o, levaram-no a Salomão.

Azazel

Adeptos iniciais da cabala retratam Salomão como tendo navegado através do ar em um trono de luz colocado sobre uma gigantesca águia,[5] que o levou próximo dos portões celestiais, bem como para as montanhas da escuridão atrás da qual os anjos caídos Uzá e Azzazel foram acorrentados. A águia foi descansar sobre as correntes, e Salomão, usando o anel mágico, obrigou os dois anjos a revelar-lhe todos os mistérios que desejava saber. Salomão também é retratado forçando demônios a levar seus amigos, incluindo Hiram, em passeios de um dia ao inferno.

Outros templos

O rei Salomão construiu outros templos em muitos lugares neste mundo, e também em outros planetas, usando sua força angélica e demoníaca de trabalho. É possível que a "Face" em Cydônia Mensae, no planeta Marte, seja um templo construído por Salomão.

O palácio sem entrada

De acordo com uma lenda, enquanto viajava magicamente, Salomão notou um magnífico palácio no qual não parecia haver entrada. Ele ordenou que os demônios subissem ao telhado e verificassem se poderiam descobrir qualquer ser vivo dentro do edifício, mas os demônios só encontraram uma águia, que disse ter 700 anos, mas que nunca tinha visto uma entrada. Uma irmã mais velha da águia, 900 anos de idade, foi então encontrada, mas ela também não sabia da entrada. A irmã mais velha das duas, que tinha 1.300 anos de idade, declarou que havia sido informada por seu pai que a porta estava no lado oeste, mas que havia sido oculta por areia trazida pelo vento. Tendo descoberto a entrada, Salomão encontrou, dentro do palácio, um ídolo que tinha em sua boca

[5] O rei Salomão possuiu um "aparato voador" semelhante a uma águia.

uma folha de prata escrita em grego, língua que os estudiosos modernos não sabiam que existia mil anos antes da época de Salomão. O escrito na folha revelava que a estátua era de Shaddad, filho de Ad, e que reinou sobre mais de um milhão de cidades, montou um milhão de cavalos, tinha sob seu comando um milhão de vassalos e matou um milhão de guerreiros, mas não conseguiu resistir ao anjo da morte.

O trono de Shlomo

O trono de Salomão é descrito em detalhes no *Targum Sheni*, que foi compilado a partir de três fontes diferentes e depois do Midrash. Segundo estes, havia sobre os degraus do trono de ouro 12 leões, cada um diante de uma águia dourada. Havia seis degraus para o trono, nos quais os animais, todos de ouro, foram dispostos na seguinte ordem: no primeiro passo um leão em frente a um boi; no segundo, um lobo em frente a uma ovelha; no terceiro, em frente a um tigre um camelo; no quarto, uma águia em frente a um pavão; no quinto, um gato em frente a um galo; no sexto, em frente a um gavião uma pomba. No topo do trono havia uma pomba segurando um gavião em suas garras, simbolizando o domínio de Israel sobre os gentios.

O Midrash afirma que seis degraus foram construídos porque previa que seis reis a partir de Salomão iriam sentar-se no trono, ou seja, Salomão, Roboão, Ezequias, Manassés, Amon e Josias. Havia também no topo do trono um candelabro de ouro, sobre sete ramos ao lado dos quais foram gravados os nomes dos sete patriarcas - Adão, Noé, Sem, Abraão, Isaac, Jacó e Jó –, e nos sete do outro lado os nomes de Levi, Qehat, Amram, Moisés, Arão, Eldad, Medade, e, além disso, Hur (outra versão tem Ageu). Acima do candelabro havia um jarro de ouro cheio de azeite, e abaixo dele, uma bacia de ouro, que fornecia ao jarro o óleo, e no qual os nomes de Nadabe, Abiú e Eli e seus dois filhos foram gravados. Sobre o trono, 24 vinhas foram plantadas para fornecer sombra sobre a cabeça do rei.

Por um dispositivo mecânico, o trono seguia Salomão aonde quer que ele fosse. Supostamente, devido a um truque mecânico, assim que o rei subia o primeiro passo, o boi estendia a sua pata, sobre a qual o rei se debruçava, e uma ação semelhante fazia com que todos os animais em cada um dos seis degraus fizessem o mesmo. A partir do sexto degrau a águia tomava o rei e colocava no seu lugar, perto do qual uma serpente dourada estava enrolada. Quando o rei estava sentado, a grande águia colocava a coroa sobre sua cabeça, a serpente desenrolava-se e os leões e as águias se moviam para cima para formar uma sombra sobre ele. A pomba descia e, então, tomava o rolo da Torá da Arca e a colocava sobre os joelhos de Salomão. Quando o rei estava sentado, cercado pelo Sinédrio, para julgar as pessoas, as rodas começavam a girar, e as feras e aves começavam a gritar de seus respectivos lugares, assustando aqueles que tinham a intenção de dar falso testemunho. Além disso, quando Salomão subia ao trono, os leões espalhavam todos os tipos de especiarias aromáticas.

Após a morte de Salomão, o faraó Sisaque, quando foi saquear os tesouros do templo (I Reis xiv. 26), levou o trono, que permaneceu no Egito até Senaqueribe conquistar aquele país. Depois da queda de Senaqueribe, Ezequias ganhou a posse dele mas, quando Josias foi morto pelo faraó Neco, este último o levou. No entanto, de acordo com relatos rabínicos, Neco não sabia como o mecanismo funcionava e, assim, quando tentou subir no trono, um dos leões o atingiu com uma das patas, deixando-o coxo.

Nabucodonosor, que teve a posse do trono, veio posteriormente a compartilhar destino semelhante. O trono depois passou aos persas, cujo rei Dario foi o primeiro a sentar-se no trono de Salomão com sucesso. Após a sua morte, o trono entrou na posse dos gregos e Assuero também, ao tentar subir nele, foi atingido por um dos leões.

Supernaturalmente, na verdade, todos os animais, feitos de ouro ou não, estavam vivos, e não havia truques mecânicos que os fizessem se mover.

Arcanjos

Arcanjo tem duas raízes: *arch* e *angelos*. O prefixo grego *arch* (ἀρχ) deriva de *arché* (ἀρχή), que se refere tanto a "começo, ponto de partida, princípio", como a "suprema substância subjacente" ou "princípio supremo indemonstrável".

A partir da raiz, *arché*, temos o antepositivo *arch*, em português, com o sentido de "aquilo que está na frente, o que está no começo, na origem, ponto de partida de um entroncamento", sendo traduzido "acima", "superior" ou "mais importante" e "o que governa, que dirige, que comanda, que lidera", e ainda carregando consigo ideias de poder, autoridade, império e superioridade.

Quanto ao grego *angelos* (άγγελος), vertido para "anjo", significa simplesmente "mensageiro".

A partir dessas raízes, portanto, a palavra "arcanjo" (αρχάγγελος) se traduz "líder dos mensageiros, chefe dos mensageiros, capitão dos anjos, primeiro anjo, acima dos anjos, superior aos anjos, anjo superior ou anjo chefe", num aspecto qualitativo de liderança e substancialmente de superioridade, da mesma maneira que se traduzem palavras com o mesmo radical, tal como "arquiteto" (chefe dos construtores), "arcebispo" (classe hierárquica superior a bispo), "hierarquia" (poder sagrado) ou "anarquia" (falta ou ausência de poder).

Em hebraico bíblico os arcanjos são os Sarim, termo cujo significado é "príncipe". *Sar há'Malachim* é então "príncipe dos anjos".

Uriel

Uriel[1] (em hebraico: אוריאל, Uri'el; no hebraico tiberiano: 'Ûrî'ēl; "chama de Deus") é um dos arcanjos da tradição rabínica pós-exílio, bem como de algumas tradições cristãs.

Os anjos mencionados nos livros mais antigos do Velho Testamento (Tana'k) não são designados por nomes. De fato, já o Rabi Shimon ben Lakish (230-270) asseverava que os nomes específicos dos anjos foram adotados pelos judeus a partir de tradições babilônicas, depois do exílio – muitos comentadores modernos concordam com esta visão. Dos sete arcanjos do judaísmo pós-exílio, apenas três (Gabriel, Miguel e Rafael) são mencionados pelos nomes nas escrituras que gradualmente foram aceitas como canônicas. Os outros quatro, contudo, são nomeados no século II a.C. no Livro de Enoque, capítulo XXI: Uriel, Ithuriel, Amitiel e Baliel. Aí, intercedem perante Deus pela humanidade, durante o período dos Nefilim – os vigilantes caídos. Quando aos três primeiros arcanjos referidos se referia outro, de modo a representar os quatro pontos cardeais, Uriel era, geralmente, o quarto (o Norte – bem como, quando representam os quatro elementos – toma o lugar da Terra). No poema de John Milton, "Paraíso perdido", Livro III, Uriel, encarregado da orbe do Sol, serve como os olhos de Deus, ainda que, inconscientemente, dirija satã em direção à recém-criada Terra.

Uriel aparece ainda no Segundo Livro de Esdras, adição apócrifa ao livro de Esdras, no contexto da literatura apocalíptica, em que é enviado para instruir o profeta Ezra, depois de este ter colocado algumas questões dirigidas a Deus.

Uriel é frequentemente identificado como o querubim que "permanece junto às portas do Éden com uma espada ardente" ou como o anjo que "preside a tempestade e o terror" (no Primeiro Livro de Enoque). No Apocalipse de Pedro, aparece como o anjo do arrependimento – e tão desprovido de piedade quanto qualquer demônio. Em Vida de Adão e Eva, Uriel é representado como o espírito (um dos querubins) referido

[1] Fonte: Wikipédia.

no terceiro capítulo do Gênesis. É também identificado como um dos anjos que deram sepultura a Adão e a Abel no paraíso.

Derivando das tradições místicas judaicas, Uriel tornou-se também o anjo do domingo, anjo da poesia e príncipe de uma das *sefirot* sagradas: a *Sephira* Hesed da Cabala, onde Uriel é designado pelo nome de Hesediel. Terá sido ele quem lutou com Jacó em Peniel. É ainda descrito como o destruidor dos exércitos de Senaqueribe. Ainda de acordo com o livro de Enoque, terá sido ele quem anunciou a vinda do dilúvio a Noé, bem como aquele que dirigiu Abraão a caminho da Terra Prometida. É conhecido ainda como o anjo da morte, tendo tido um papel importante no episódio das 10 pragas do Egito, em que verificou quais eram as portas marcadas com sangue de cordeiro, para poupar tais casas da morte dos primogênitos.

Na tradição apocalítica, é ele quem deterá a chave que abrirá o inferno no final dos tempos.

Na moderna angelologia cristã – ainda que de uma forma marginal – Uriel é identificado por vezes como serafim, querubim, regente do Sol, chama de Deus, anjo da Presença Divina, arcanjo da salvação, presidindo sobre o Tártaro (inferno). Em escrituras mais recentes é, mesmo, identificado com Fanuel – "a face de Deus". É descrito frequentemente como trazendo consigo um livro ou rolo de papiro, simbolizando a sua sabedoria. Uriel é ainda o anjo patrono das artes e foi descrito por Milton como o "espírito de visão mais arguta de todo o céu".

Em obras apócrifas e cabalísticas, Uriel tem sido identificado ou confundido com Nuriel, Uryan, Jeremiel, Vretil, Sariel, Puruel, Phanuel, Jehoel e Israfel.

No ocultismo, é frequentemente associado à cor verde. Uriel é também chamado de Auriel.

Supernatural

Uriel também aparece na quarta temporada de *Supernatural*, interpretado por Robert Wisdom, como acompanhante do anjo Castiel, interpretado por Misha Collins, que salva o protagonista Dean Winchester do inferno e tem as atenções da série voltadas para si e ele se descobre em meio a anjos que querem a volta de Lúcifer.

Miguel

"– Você está errado. Lúcifer desafiou nosso pai, e ele me traiu, mas ainda... Eu não quero isso mais do que você quereria matar Sam. Você sabe, meu irmão, eu o levantei praticamente. Eu cuidei dele de uma maneira que a maioria das pessoas nunca poderia entender, e eu ainda o amo. Mas vou matá-lo porque está certo e eu preciso."

Michael para Dean Winchester
em "The Song Remains the Same"

Miguel[2] (em hebraico: מיכאל, Micha'el ou Mîkhā'ēl; em grego: Μιχαήλ, Mikhaēl; em latim: Michael ou Míchaël; em árabe: ميخائيل, Mīkhā'īl) é um arcanjo nas doutrinas religiosas judaica, cristã e islâmica. Os católicos, anglicanos e luteranos se referem a ele como São Miguel Arcanjo, ou simplesmente como São Miguel. Para os ortodoxos é Texiarca Arcanjo Miguel ou simplesmente arcanjo Miguel.

Em hebraico, Miguel significa "aquele que é similar a Deus" (mi-"quem", ke-"como", El-"Deus"), o que é tradicionalmente interpretado como uma pergunta retórica: "Quem é como Deus?" (em latim: *Quis ut Deus*?), para a qual se espera uma resposta negativa, e que implica que "ninguém" é como Deus. Assim, Miguel é reinterpretado como um símbolo de humildade perante Deus.

Na Bíblia hebraica, Miguel é mencionado três vezes no Livro de Daniel, uma como um "grande príncipe que defende as crianças do seu povo". A ideia de Miguel como um advogado de defesa dos judeus se tornou-se tão prevalente que, a despeito da proibição rabínica contra

---

[2] Wikipédia.

se apelar aos anjos como intermediários entre Deus e seu povo, Miguel acabou tomando um lugar importante na liturgia judaica.

No Novo Testamento, Miguel lidera os exércitos de Deus contra as forças de satã no Apocalipse, onde, durante a guerra no céu, ele o derrota. Na Epístola de Judas, Miguel é citado especificamente como "arcanjo". Os santuários cristãos em honra a Miguel começaram a aparecer no século IV, quando ele era percebido como um anjo de cura, e, com o tempo, como protetor e líder do exército de Deus contra as forças do mal. Já no século VI, a devoção a São Miguel já havia se espalhado tanto no oriente quanto no ocidente. Com o passar dos anos, as doutrinas sobre ele começaram a se diferenciar.

Na Bíblia hebraica e, portanto, no Antigo Testamento, o profeta Daniel teve uma visão após um jejum (em Daniel 10:13-21): um anjo identifica Miguel como o protetor de Israel. O profeta se refere a Miguel como "um dos primeiros príncipes". Posteriormente, em Daniel 12:1, Daniel é informado sobre o papel de Miguel durante o "tempo de tribulação" que "nunca houve desde que existiu nação até aquele tempo", e que: "Nesse tempo se levantará Miguel, o grande príncipe que se levanta a favor dos filhos do teu povo".

Assim, embora as três referências a Miguel no Livro de Daniel sejam a respeito do mesmo indivíduo que age de forma similar nos três casos, o último se coloca no "fim dos tempos", enquanto os outros dois são da época contemporânea, na Pérsia. Estas são as únicas referências ao arcanjo Miguel na Bíblia Hebraica.

As referências ao "capitão das hordas do Senhor" que estão no Livro de Josué nos primeiros dias da campanha pela Terra Prometida (veja Josué 5:13-15) foram por vezes interpretadas como sendo referentes ao arcanjo Miguel, mas não há nenhuma base teológica para esta proposição, dado que Josué claramente adorava essa figura e os anjos não eram adorados, o que indica que a figura possa se referir ao próprio Yahweh.

O Apocalipse (Apocalipse 12:7-9) descreve uma guerra no céu na qual Miguel, sendo o mais forte, derrota satã:

"Houve no céu uma guerra, pelejando Miguel e seus anjos contra o dragão. O dragão e seus anjos pelejaram e não prevaleceram; nem o seu lugar se achou mais no céu. Foi precipitado o grande dragão, a antiga serpente, que se chama diabo e satanás, aquele que engana todo mundo; sim, foi precipitado na Terra, e precipitados com ele os seus anjos".

Após o conflito, satã foi atirado à Terra juntamente com os anjos caídos de onde eles ainda tentam "desviar o caminho da humanidade".

Em outro trecho, na Epístola de Judas (Judas 1:9), Miguel é referido especificamente como sendo um "arcanjo" quando ele novamente confronta satã:

"Mas quando Miguel, o arcanjo, discutindo com o Diabo, altercava sobre o corpo de Moisés, não ousou fulminar-lhe sentença de blasfemo, mas disse: 'O Senhor te repreenda'".

Uma referência a um "arcanjo" também aparece em I Tessalonicenses (I Tessalonicenses 4:16):

"Porque o Senhor mesmo descerá do céu com grande brado, com voz de arcanjo e com trombeta de Deus, e os mortos em Cristo ressuscitarão primeiro".

Mas, o arcanjo que marca a Segunda Vinda de Cristo não é mencionado.

> *"Pense em um milhão de atos aleatórios que deixaram que John e Mary nascessem, para se encontrar, se apaixonar, e para ter vocês dois. Pense no milhão de escolhas aleatórias que você faz, e ainda como cada um deles o aproxima de seu destino. Sabe por que isso acontece? Porque não é aleatório, não é acaso. É um plano que se desempenha perfeitamente. O livre arbítrio é uma ilusão, Dean. É por isso que você vai dizer que sim".*
>
> MICHAEL PARA DEAN WINCHESTER
> EM "THE SONG REMAINS THE SAME"

Gabriel

Gabriel[3] (em hebraico גבריאל, no hebraico moderno Gavri'el, no hebraico tiberiano Gaḇrî'ēl; em latim Gabrielus; em grego Γαβριήλ, transl. Gabriēl; em árabe جبريل, trans. Jibrīl ou جبرائيل, transl. Jibrail; todos do aramaico Gabri-el, "homem forte de Deus") também conhecido como São Gabriel Arcanjo, é, nas religiões abraâmicas, um anjo que serve como mensageiro de Deus. Aparece pela primeira vez numa menção no Livro de Daniel, na Bíblia hebraica. Em algumas tradições é tido como um dos arcanjos, noutros como anjo da morte.

Com base em duas passagens do Evangelho segundo Lucas, diversos cristãos e muçulmanos, Gabriel teria anunciado os nascimentos de João Batista e Jesus. O Islã, além disso, acredita que Gabriel teria sido o meio pelo qual Deus optou por revelar o Corão a Maomé, e que através dele teria enviado uma mensagem para os profetas revelando-lhes suas obrigações. É conhecido como o chefe dos quatro anjos favorecidos, e o espírito da verdade, e em certas crenças seria uma personificação do Espírito Santo. Gabriel também é mencionado na fé bahá'í, especificamente na obra mística de Bahá'u'lláh, *Os Sete Vales*.

É citado várias vezes na Bíblia; foi ele que anunciou ao profeta Daniel a sucessão de potências mundiais, bem como a vinda do Messias (em hebraico Mashiah, em grego, Cristo, "Ungido"). Disse o profeta: "Apareceu Gabriel da parte de Deus e me falou: dentro de setenta semanas [de anos] (70 anos x 7, ou seja, 490 anos) aparecerá o Santo dos Santos (Daniel 9:24-26).

Ao anjo Gabriel foi confiada a missão mais alta que jamais havia sido confiada a alguém: anunciar o nascimento do Filho de Deus. Por isso, é muito admirado desde a Antiguidade. O termo de apresentação quando apareceu a Zacarias para anunciar-lhe que ia ter por filho João Batista foi este: "Eu sou Gabriel, o que está na presença de Deus" (Lucas 1:19).

São Lucas disse: "Foi enviado por Deus o anjo Gabriel a uma cidade da Galileia, a uma virgem chamada Maria, e, chegando junto a ela, disse-lhe: 'Salve, Maria, cheia de graça, o Senhor está contigo'. Ela ficou

---

[3] Fonte: Wikipédia.

confusa, mas disse-lhe o anjo: 'Não tenhas medo, Maria, porque estais na graça do Senhor. Conceberás um filho a quem porás o nome de Jesus. Ele será filho do Altíssimo e seu Reino não terá fim'".

Segundo a tradição, os arcanjos são os mensageiros (em grego *angélos*) de Deus das Boas Novas, ajudam-nos a dar bom rumo e direção à nossa vida, dão-nos compreensão e sabedoria. É a ele que recorrem os que necessitam desses dons.

Segundo a religião islâmica, ao anjo Gabriel foi atribuída a revelação do Corão ao profeta Mohammad (ou Maomé), o que teria ocorrido em uma ocasião em que Mohammad orava e meditava em uma montanha em Meca. Com base nas revelações desse episódio, Maomé teria começado sua saga de divulgação das obras de Deus, no que viria a ser o islamismo.

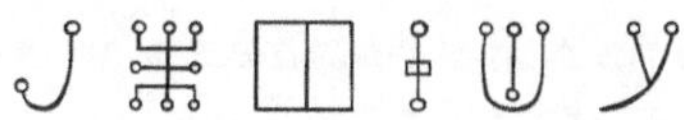

Gabriel, em escrita malachim

Rafael

Rafael[4] (do hebraico רפאל, transl. Rāpāʾēl, "Deus cura"; em árabe: رافائيل; transl. Rāfāʾīl; amárico, transl. Rāfāʾīl), também conhecido como São Rafael Arcanjo, é o nome de um arcanjo comum às religiões judaica, cristã e islâmica, responsável por executar todos os tipos de cura. Enviado por Deus para curar em Seu Nome, Rafael significa "Deus cura", em hebraico; a palavra correspondente a médico é *rophe*. O cristianismo, ao "derivar" do judaísmo, também desenvolveu algumas concepções e atribuições próprias da hierarquia dos angelicais, e o mesmo aconteceu no islamismo. Alguns estudiosos afirmam que o arcanjo Rafael foi enviado ao Egito durante a Páscoa. Seriam ele e Metatron os enviados por Deus para assassinar certos primogênitos do Egito durante a cominação das

[4] Wikipedia.

pragas egípcias. O arcanjo Rafael também teria duelado contra Samyaza a mando de Deus.

Na Bíblia, o arcanjo Rafael é citado no Antigo Testamento, no Livro de Tobias (presente somente no cânon católico). No capítulo 5, versículo 4 (Tb 5,4) há o início das aparições de Rafael ao jovem Tobias: "(...) Tendo saído, deparou-se com anjo Rafael, sem demonstrar, todavia, ser um anjo de Deus". Já no capítulo 6, versículo 3 (Tb 6,3), vê-se por que a imagem esculpida pelos católicos mostra o arcanjo segurando um peixe. Eis que o grande peixe que tentou devorar Tobias, e que o anjo lhe ordenou que o dominasse para tirar-lhe o fel, é o indicado e usado pelo arcanjo para curar o pai de Tobias, devolvendo-lhe a visão (Tb 6,11).

No capítulo 12, Rafael se dá a conhecer, apresentando-se como anjo (arcanjo) de Deus (Tb 12,15): "Eu sou Rafael, um dos sete santos anjos que assistem e têm acesso à majestade do Senhor".

Não é mencionado no Novo Testamento, mas a tradição o identifica como o anjo da ovelha em João 5,2. Rafael também é figura proeminente nos costumes do Judaísmo. Ele é um dos três angelicais que visitaram Abraão antes da devastação física de Sodoma e Gomorra.

Sua festa é celebrada no dia 29 de setembro, junto com a do arcanjo Gabriel e a do arcanjo Miguel. No passado era celebrado, "sozinho", no dia 24 de outubro.

Israfil não é nomeado no Qur'an (Corão), diferentemente de Jibrail (Gabriel) e Mikail (Miguel). De acordo com a Hadith (الحديث), Israfil (árabe Rafael) é o anjo responsável por sinalizar a vinda do Juízo Final soprando a corneta (chamada Sûr) e enviando o "Sopro da Verdade". A Sûr será soprada duas vezes: do primeiro virá o início do Juízo Final; da segunda, todas as almas serão chamadas a julgamento e interrogadas.

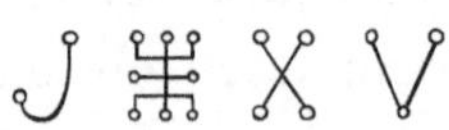

Rafael, em Angelic Script

Línguas angélicas

Enoquiano

Nos sigilos usados por Dean e San sempre se vê o Enoquiano,[1] um nome frequentemente aplicado a uma linguagem oculta ou angelical registrado nos jornais privados de John Dee e Edward Kelley, seu colega no final do século XVI na Inglaterra. Dee montou os mundos da ciência e magia, assim como eles estavam se tornando distinguíveis, e Kelley foi um médium espírita que trabalhava com Dee em suas investigações mágicas. Os homens alegaram que a linguagem foi revelada a eles por anjos. Alguns estudiosos contemporâneos de magia consideram uma língua artificial que não deixa de ser viável para trabalhos de magia, enquanto estudiosos de línguas construídas simplesmente consideram-no uma imitação muito ruim de uma língua antiga, com a gramática derivada principalmente de Inglês. A linguagem é parte integrante para a prática da magia Enoquiana.

A linguagem encontrada em periódicos de Dee e Kelley abrange um *corpus* textual limitado, apenas alguns com traduções em inglês. Vários linguistas, nomeadamente Donald Laycock, estudaram Enoquiano, e argumentaram contra quaisquer recursos extraordinários na língua.

---

[1] Fonte: Wikipedia.

Periódicos de Dee não descrevem a língua como "Enoquiano", preferindo descrições como "Angélica", ou "Discurso Celestial", a "Língua dos Anjos", a "primeira língua de Deus-Cristo", a "Língua Sagrada", ou "Adamical", porque, de acordo com o Anjos de Dee, foi usada por Adão no paraíso para nomear todas as coisas. O termo "Enoquiano" vem da afirmação de Dee de que o patriarca bíblico Enoque tinha sido o último homem (antes de Dee e Kelley) a saber o idioma.

Evidentenmente esta "verdade" é incompleta e manipulada, uma vez que o Zohar, que é mais antigo do que Dee e Kelley revela que os anjos falam e compreendem apenas o hebraico, e por esta razão alguns versos na Bíblia que falam sobre os anjos aparecem em aramaico, e o Zohar diz que a razão é para que eles não entendam que se está falando deles e queiram, por este motivo, destruir os homens.

Também, de acordo com o Zohar, o único arcanjo a falar todos os 70 idiomas das nações do mundo que foram criados por Adão é o arcanjo Gabriel, que os ensinou ao patriarca Iosef (José) no Egito.

Ainda sobre o Enoquiano, e de acordo com Tobias Churton, em seu texto Os Construtores de Ouro, o conceito de uma língua angélica ou antediluviana era comum durante o tempo de Dee. Se pudesse falar com anjos, acreditava-se que se poderia interagir diretamente com eles.

Em 1581, Dee mencionou em seus diários pessoais que Deus havia enviado "anjos bons" para se comunicar diretamente com os profetas. Em 1582, Dee se juntou com o vidente Edward Kelley, embora tenha usado vários outros videntes anteriormente. Com a ajuda de Kelley como um vidente, Dee partiu para estabelecer um contato permanente com os anjos. Seu trabalho resultou, entre outras coisas, na recepção da linguagem Enoquiana ou Angelical.

De acordo com revistas de Dee, o Angélico foi supostamente a língua que Deus usou para criar o mundo, e que mais tarde foi usado por Adão para falar com Deus e os anjos, e para nomear todas as coisas que existem.

Depois de sua queda do paraíso, Adão perdeu a língua e construiu uma forma do proto-hebraico com base em sua vaga lembrança do Angélico. Este proto-hebraico, então, tornou-se a língua universal humana até o momento da confusão das línguas na Torre de Babel. Depois disso, todas as várias linguagens humanas foram desenvolvidas, incluindo um hebreu ainda mais modificado (que conhecemos como hebraico bíblico). Desde o tempo de Adão até o tempo de Dee e Kelley, o angélico foi escondido dos seres humanos com a única exceção do patriarca Enoque que, de acordo com os anjos, gravou o "Livro de Loagaeth" (discurso de Deus) para a humanidade. O livro foi então perdido novamente no dilúvio de Noé.

Bem, tudo isso não passa de uma grande especulação, uma vez que o Zohar deixa claro que o hebraico foi a primeira língua criada por Deus, e que através dela Ele criou todas as coisas.

Também no Zohar, no Talmude e nos Midrashim, descobrimos que o Livro de Enoque foi o *Sipra Raziel há'Malach* (*O livro do arcanjo Raziel*), que também ficou conhecido como *O livro de Adão*. Foi feito de Safirá e não se perdeu no Dilúvio, mas foi escondido em uma arca de ouro pelo patriarca Noé.

Enoque

Enoque[2] -**חנוך**, Chanoch ou Hanokh - é o nome dado a uma das personagens bíblicas mais peculiares e misteriosas das Escrituras. Nasceu, segundo os escritos judeus, na sétima geração depois de Adão, sendo filho de Jarede, e pai de outra personagem, Matusalém.

De acordo com o relato de Gênesis, capítulo 5, versos 22-24, Enoque teria sido arrebatado por Deus para que não experimentasse a morte, e na certa fosse poupado da ira do dilúvio:

"E andou Enoque com Deus, depois que gerou Matusalém, 300 anos, e gerou filhos e filhas. E foram todos os dias de Enoque 365 anos. E andou Enoque com Deus; e não apareceu mais, porquanto Deus para si o tomou".

Há dois aspectos extraordinários no relato de Enoque, enfocados nesses versículos, que não foram enfocados em outras gerações: as indicações do texto de que ele "andou com Deus" e o fato de que, suposta-

---

[2] Fonte: Wikipédia, com adendos do autor.

mente, ele não teria morrido, pois "Deus para si o tomou". Estes relatos foram a origem de muitas fábulas, lendas e midrashim (estudos rabínicos mais aprofundados) de sábios judeus ao longo de séculos. Muitos deles se incomodaram muito pelo fato de que Enoque "só" vivera 365 anos, uma curta duração de vida para sua época, de acordo com o livro do Gênesis.

Sobre esse personagem bíblico existem também os livros apócrifos pseudoepígrafos: "Livro de Enoque I" e "Livro de Enoque II", que fazem parte do cânone de alguns grupos religiosos, principalmente dos cristãos da Etiópia, mas que foram rejeitados pelos cristãos e hebreus, por serem particularmente incômodos para os clérigos do ponto de vista político. Todavia, a epístola de Judas, no Novo Testamento bíblico, faz uma menção expressa ao Livro de Enoque, fazendo uma breve citação nos versos 14 e 15 de seu único capítulo.

De acordo com o relato contido em Gênesis sobre a idade dos patriarcas, Seth e seus filhos ainda viviam quando Enoque foi tomado por Deus, bem como Matusalém e Lameque.

Rashi – um dos maiores comentaristas e intérpretes das Escrituras entre os sábios judeus – por exemplo, escreveu que "e andou Enoque – era justo e inocente em seus pensamentos, não sendo acusado em coisa alguma, por isso apressou-se o Eterno, Bendito seja Ele, em removê-lo desta Terra e matá-lo antes do tempo previsto, e esta é a razão de estar escrito, em relação a sua morte, vnnyav, 'veeinenu' – pois 'não havia mais ele' no neste mundo no propósito de cumprir seus anos de vida, porque v[a xql, 'laqach otô' – 'tomou para si (Deus)' antes do tempo".

Em contraste com Rashi, outro comentarista bíblico – Levi ben Gershom – filosofou que "eis a causa a este fato de não ser lembrada a sua morte neste evento, contrariando os outros descendentes seus cujas mortes foram lembradas, insinuando alguma diferença entre ele e as outras personagens bíblicas: ele fez paz com sua alma e chegou a ela em sua perfeição, e aquelas outras personagens morreram sem vontade, relutantes com as suas mortes". Isto significa que Enoque chegou à perfeição em sua 'breve' vida, não sobrevivendo mais aqui, mas sendo tomado pelo próprio Deus".

Os sábios judeus, de abençoada memória, comentaram que "em todas as situações o sétimo é preferido (...) nas gerações: Adam, Seth,

Enosh, Kenan, Mehallel, Jered, e Enoque – e entre estas todas 'Enoque andou com Deus' (Gen 5:24); Entre os patriarcas, o sétimo é o preferido: Abraham, Isaac, Jacob, Levi, Kehath, Amram e Moisés: e Moisés subiu para Deus (Ex 19:3)" (Peskita de Rab Kahana: cap. 23).

De acordo com o Targum de Yonatan – tradução para o aramaico das Escrituras hebraicas – Enoque tinha se elevado ao céu ainda em vida e teria se transformado no anjo Metatron. O versículo "porque andou (Enoque) com Deus" no Targum de Yonatan: "E não esteve mais (Enoque) entre os habitantes da Terra, pois foi tomado e subiu para os céus, pelo comando do Eterno (se fez isso), e chamou seu nome de Metatron, o Grande Escriba".

De acordo com outro Midrash, Enoque esteve entre o seleto grupo dos que entraram no paraíso celeste, indicando os que tiveram esta oportunidade – "nove foram os que entraram em vida no Jardim do Éden celestial, e estes são: Enoque, filho de Jarede, e Elias (profeta), e o Messias, e Eliezer, servo de Abraão, e Hiram, rei de Tiro, e o servo do rei de Kush (Etiópia), e Yaabetz, filho de Rabbi Yehudá o Príncipe, e Batiah, filha de Faraó, e Sarah, filha de Asher, e há os que afirmam também que Rabbi Yehoshua ben Levi".

No islamismo Enoque é Idris (árabe: إدريس), e é um profeta no islã.

Idris é reconhecido por ter aprendido muitas habilidades ou por ter inventado coisas que a humanidade atualmente usa, como a escrita, a matemática, a astronomia etc. De acordo com a tradição islâmica, na época de Idris as pessoas tinham se esquecido de Deus e o mundo foi por isso punido com a estiagem. Contudo, Idris orou pelos seres humanos e começou a chover, acabando com a estiagem.

De acordo com o livro *The Prophet of God Idris: Nabiyullah Idris* (*Idris o Profeta de Deus: Nabiyullah Idris*), Idris é o nome alcorânico de Enoque. Ele é mencionado no Alcorão como preferido por Deus, que o elevou até Ele (no livro de Enoque da Bíblia, preservado pela comunidade cristã etíope, pode-se ler que ele foi elevado até o nível da cabeça de Deus); Idris pediu para voltar novamente para a Terra, para a região de Gizan (atual Gizé, no Egito), onde ensinou as pessoas a escrever, e descreveu ter visto em sua jornada as nascentes da água (a neve nos topos das montanhas, especialmente nas áreas polares) e os fundamentos por trás da astronomia. Ele descreveu ainda diferentes céus, onde viu diabos e *djinns* aprisionados e sendo atormentados pelos anjos, alguns deles à espera de punição. Ele é o importante profeta entre Adão e Noé. É possível que se tenham construído pirâmides em reverência a ele, uma vez que esta foi a região onde ele ascendeu novamente ao céu e nunca mais voltou para sua família. É possível que ele seja o verdadeiro homem por trás do mito de Osíris, o deus egípcio.

Há também uma tradição britânica sobre o profeta Idris que afirma que este teria fundado Caer-Idris [colônia ou cidade de Idris], em algum lugar das ilhas britânicas, onde se lecionava astronomia. O nome Idris é hoje comum no País de Gales (uma das quatro nações que constituem o Reino Unido) em memória desse famoso druida (classe da sociedade céltica formada por anciães).

Nos selos angelicos usados pelos irmãos Winchester encontra-se o chamado afabeto enoquiano, que já abordamos nesta obra.

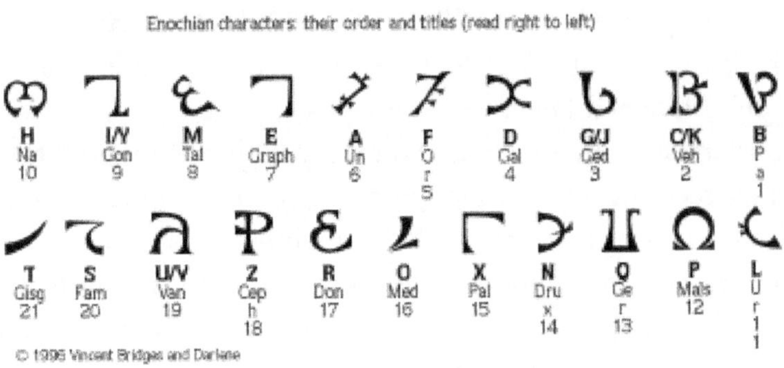

O alfabeto enoquiano

A escrita angélica

O alfabeto Angélico, que também é conhecido como o alfabeto Celestial, é derivado do hebraico. Ele foi criado por Heinrich Cornelius Agrippa durante o século XVI e foi usado para a comunicação com os anjos.

Como já havia explicado, anjos não entendem nenhuma outra linguagem da Terra, a não ser o hebraico, e, portanto, para comunicar-se com os anjos é necessário conhecer o alfabeto hebraico e seus mistérios.

Dentro da tradição hebraica, algumas orações e preces foram construídas em aramaico, e a razão é devido aos anjos, para não lhe dar entendimento do conteúdo destas preces.

Os demônios também entendem hebraico, e para que não usem as nossas orações como carruagem para suas ascensões, algumas destas preces foram feitas em aramaico. Um exemplo disto é o "Avinu sheva-shamayim (Pai nosso...)".

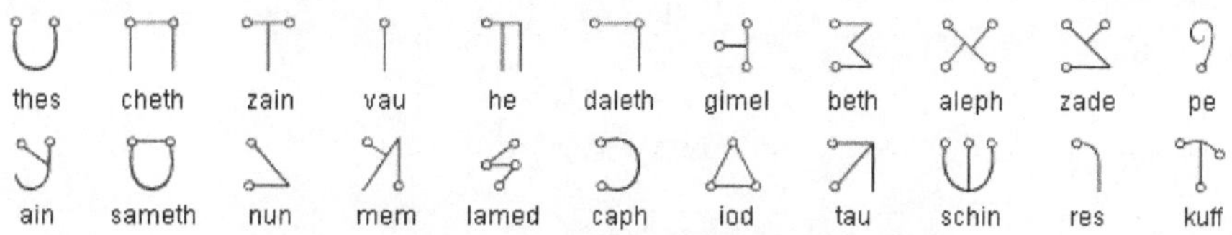

O alfabeto angélico

O malachim

O *malachim* foi um alfabeto publicado também por Heinrich Cornelius Agrippa, no século XVI. É derivado do hebraico. Outros alfabetos, com origem semelhante, são o alfabeto celestial e o *trânsitus fluvii*.

O termo *malachim* é uma forma plural do hebraico (ךאלמ, mal›ach), e significa "anjos" ou "mensageiros" (ver anjos no judaísmo, no Google).

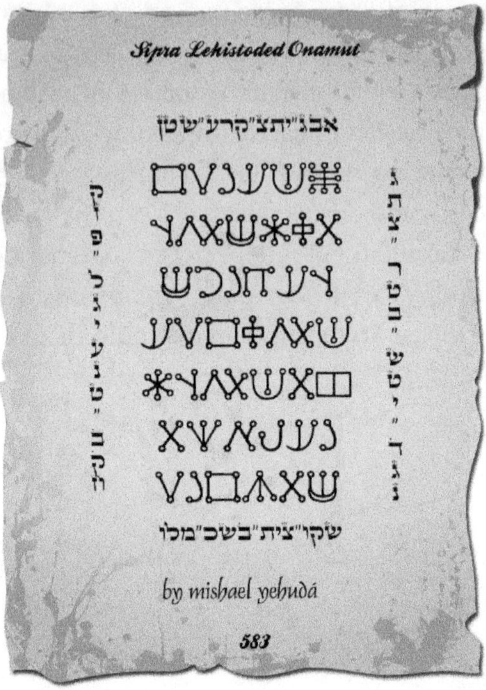

Amuleto cabalístico construído por mim com o uso do hebraico e do malachim.

O *Transitus Fluvii*

Trânsitus Fluvii (passando pelo rio, em latim) ou *Passage du fleuve* (em francês), é um alfabeto oculto composto por 22 ideogramas descritos por Heinrich Cornelius Agrippa no seu terceiro livro de Filosofia Oculta (Colônia, 1533, mas escrito em torno de 1510). Ele é derivado também do alfabeto hebraico, e é semelhante ao celestial e ao *malachim*. O nome pode se referir à travessia do Eufrates pelos judeus em seu retorno da Babilônia para reconstruir o templo.

Esse alfabeto também pode ser encontrado em Abraham de Balmis *Peculium Abrae*: *Grammatica hebraea una cum latino*, Venetiis, 1523, sig. B6v. Também em Geoffroy Tory, Champ Fleury, Paris 1529, "*Chaldaiques Lettres*", e Giovanni Agostino Panteo *Voarchadumia contra alchimiam*,

Veneza, 1530, p. 545-46. Afirma Pantheus que, enquanto o alfabeto hebraico foi confiado a Moisés, e o Enoquiano a Enoque, o *Transitus Fluvii* foi confiado ao patriarca Abraão.

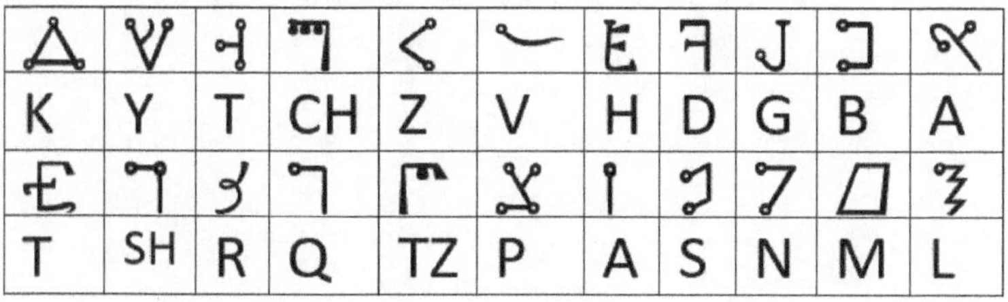

O Transitus Fluvii

Amuleto de cura e invocação do arcanjo Rafael (criado pelo autor)

A hora do terror

Assim que o dia da shabat é santificado, e a Presença Divina é recepcionada, enfraquece o poder do mal e ele se retira, escondendo-se durante toda a noite e o dia da shabat, com exceção do demônio ASIMON e o seu bando, que permanecem para espiar as relações indecentes e depois se escondem nas cavernas do grande abismo. Assim que termina a shabat, inúmeros exércitos e suas hostes começam a voar e a vagar de um lugar para outro no mundo, tentando evitar que seja instituída a recitação do hino contra calamidades (Salmo 91), ou seja, para destruir seu poder sobre o povo santo.

Quando, depois de tentar obter o domínio sobre eles, veem que o povo santo (Israel) está envolvido em orações, hinos e recitação da "separação" (Havdalá) durante a oração e, em seguida, no copo (recitação da 4º bênção), eles então voam e começam a vagar até chegar ao deserto. Que o Misericordioso nos salve do poder do mal!

Nossos mestres, de saudosa memória, nos ensinaram: existem três tipos de pessoas que trazem o mal sobre si mesmas: *a)* a pessoa que pronuncia uma maldição sobre si mesma; *b)* a que joga fora pedaços de pão do tamanho de uma azeitona, e *c)* a que acende sua vela no fim da shabat, antes que a congregação tenha chegado à recitação da santificação (*Baruch hamavdil ben Kodesh lechol*) no final do serviço da separação.

É impressionante o número de pessoas que comparecem às shabatot em suas Kehilot, e quase nunca participam do Havdalá no dia seguinte ou sequer o realizam em suas próprias casas. Eles consideram o "Ritual da Separação" dispensável por desconhecerem a sua importância e o seu poder, e, por isso, a maioria destas pessoas são assoladas por *shedim*, *dibbukim* e outras criaturas das trevas. Eu já recebi pedido de ajuda de famílias tradicionais judaicas cujos membros estavam sofrendo assédios e possessão por demônios. Ao averiguar, notamos que não existe a presença do Zohar naquele lar e nem mesmo respeito e amor pelos rituais místicos da Torá. É certo, então, que não podem reclamar por estarem sofrendo. Nem mesmo Dean e Sam os poderiam ajudar...

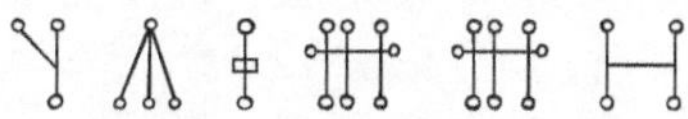

Metatron em escrita malachim

Dumah

Dumah (דומה),[1] cujo significado é mudez ou silêncio. É um anjo mencionado na literatura rabínica. Dumah é uma figura popular no folclore iídiche. I. B. Singer (1964), em um conto chamado "Sexta-feira", menciona Dumah como um anjo da morte de mil olhos, armado com uma haste de fogo ou espada flamejante. Dumah é a palavra aramaica para o silêncio.

Dumah (aramaico) é o anjo do silêncio e da quietude da morte. Também é o anjo titular do Egito, o príncipe do inferno, e anjo de vingança. O Zohar fala dele como tendo "dezenas de milhares de anjos da destruição" com ele, e como "chefe dos demônios no *Gehinom* (inferno) com 12.000 miríades de atendentes, todos encarregados da punição das almas dos pecadores". Na lenda babilônica da descida de Istar ao Hades, Dumah aparece como guardião do portão, e isto, de acordo com o Zohar, está correto. O Zohar revela:

"Quando as almas deixam o corpo em sua tentativa de ir para cima e renascerem no mundo físico, elas passam por muitas portas ao longo das quais em seus umbrais estão postados inúmeros demônios. Estes tomam as almas que estão do seu lado e as entregam nas mãos de Dumah para que ele as conduza ao Guehena. Em seguida, ele se levanta sobre es-

[1] Fontes: *Sefer há'Zohar* & Wikipédia.

tas almas e proclama: "Estes são os que transgrediram os mandamentos do Senhor". Este procedimento leva o conjunto dos primeiros 12 meses".

O Zohar ainda declara mais mistérios sobre o que acontece com a alma após a morte: "Se é virtuosa, ela se eleva e goza das delícias deste mundo. Mas, se não for virtuosa, sua alma permanece neste mundo até que seu corpo é enterrado no pó, e, em seguida, a alma é levada e implementadores a precipitam para as mãos de Dumah, e ele as lança no Guehena. Rabi Judá disse: por sete dias a alma sai de sua casa para o seu túmulo, e de seu túmulo para sua casa, se lamentando sobre o seu corpo, como está escrito: "Sua carne sofre de dor por ele, e sua alma chora enlutada por ele (Jó 14:22)".

Quando um homem deixa este mundo, se foi virtuoso, sua alma sobe e é coroada em seu lugar, e, se não foi virtuosa, muitos demônios estão prontos para arrastá-la para o Guehena e entregá-la nas mãos de Dumah, que é o chefe dos demônios e tem 12 mil miríades de assessores encarregados de punir as almas dos pecadores. Há sete áreas no Guehena e sete portões, cada um com vários guardiões responsáveis encarregados diretamente pelo seu chefe. Há portas atrás de portas, e o exterior permanece aberto, enquanto no interior elas são fechadas. Mas no dia da shabat estão todas abertas, e os pecadores vão para portas exteriores, onde se encontram com outras almas. Quando o dia da shabat é concluído, um arauto proclama em cada porta: "Deixe que o ímpio retorne ao Seol". E Deus protege as almas dos justos para que não sejam entregues nas mãos de Dumah; este é o significado das palavras "Deus guardará a tua alma".

Dumah, de acordo com o Zohar, tem em suas mãos a lista de todos os cemitérios do mundo e os nomes de todos os que descerão à sepultura.

A origem de Dumah

Relações de pessoas também geram demônios, como já foi explicado. Dumah foi o sexto filho de Ismael, filho de Abraão e da egípcia Hagar.

Em *Supernatural*, Dean é morto pelos cães do inferno e levado para ser torturado por seus pecados. Certamente ele passou pelas mãos de Dumah, para depois ser tomado do *Gehinom* pelo anjo do Senhor, Castiel.

Ainda sobre Dumah, no Zohar nos encontramos um segredo da razão por que os egípcios não queriam que os israelitas se multiplicassem. Está escrito: "Rabi Judah disse, em nome de R. Isaac: por que os egípcios queriam tanto evitar que Israel se multiplicasse e qual o motivo que induziu seu representante sênior, o Faraó, a inspirar tal desejo em seus corações? Porque ele sabia que lhes nasceria um filho pelo qual seriam julgados os deuses do Egito. Porque, de acordo com Rabi Yochanan, quando Moisés disse que Deus exerceria julgamento sobre todos os deuses do Egito, Dumah, o príncipe celestial do Egito, saltou 400 parasangas fugindo, e o Santo disse: 'É o meu decreto!'. Naquele momento, seu poder e dominação foram retirados, ele foi dirigido para as regiões mais baixas e foi nomeado sobre os reinos do Guehena como juiz e punidor das almas dos ímpios. R. Judá disse que ele foi nomeado sobre os mortos".

Sal & demônios

Desde os tempos antigos, o sal era usado tanto para indicar como para repelir a presença do mal. Isso é evidente no ritual de mães que salgam seus bebês, mencionado no livro de Ezequiel, uma prática que inclui, mas não foi limitada a mulheres hebraicas: "... no dia em que nasceu o teu umbigo não foi cortado nem foste purificado com água, tu não foste salgado..." (Ezequiel 16:4).

Theodor Gaster, estudioso das escrituras e de religião, escreveu que a salga de bebês recém-nascidos foi uma prática comum entre os judeus (Talmude Tratado Shabbat 129b); os primeiros cristãos e os gregos nos primeiros séculos da Era Comum também possuíam este ritual. Nos séculos posteriores, essa prática apareceu entre outros povos.

Os árabes protegiam seus filhos, colocando sal em suas mãos, na véspera do sétimo dia após o nascimento; na manhã seguinte, a parteira ou alguma outra mulher espalhava sal sobre a casa, dizendo: "Sal em cada olhar invejoso".

Em ritual católico, o sal é aplicado nos lábios durante o batismo para exorcizar o diabo, e na Suécia medieval era então colocado sob a língua da criança. Os alemães faziam a mesma coisa, imediatamente depois que a criança tinha sido entregue, colocando sal perto da criança para afastar os demônios Nos Bálcãs e no sul da Índia, as crianças recém-nascidas são imediatamente salgadas, enquanto as mulheres do Laos e da Tailândia se lavam com sal após o parto para imunizar-se do ataque demoníaco.

Nos condados do norte da Inglaterra, é costume colocar um pequeno saco de sal na roupa de um bebê em sua primeira aparição. A prática de salgar os bebês ainda é atual no Oriente.

וּמוֹלְדוֹתַיִךְ בְּיוֹם הוּלֶּדֶת אוֹתָךְ לֹא־
כָרַּת שָׁרֵּךְ וּבְמַיִם לֹא־רֻחַצְתְּ לְמִשְׁעִי וְהָמְלֵחַ לֹא הֻמְלַחַתְּ
וְהָחְתֵּל לֹא חֻתָּלְתְּ׃

O potencial do sal como ferramenta antidemoníaca é evidente em outras crenças e práticas comuns a povos europeus medievais. Acreditava-se que o sal nunca era encontrado na festa das bruxas, e o inquisidor e seus assistentes, durante o julgamento de uma bruxa, eram advertidos a usar sacos contendo sal consagrado para a proteção contra o acusado.

De acordo com autoridades judaicas medievais, o sal deve ser colocado em uma mesa antes de uma refeição ser iniciada, porque protege contra as acusações de satã.

Os cabalistas descobriram uma conexão entre o valor matemático de três vezes o nome de Deus (יְהוָה) e a palavra hebraica para sal (מלח) que é 78. Eles ensinaram que, se alguém molhava o pão três vezes em sal, ao recitar a bênção, e se a pessoa comia sal após cada refeição, ela seria protegida contra danos (demônios). Por esse motivo, o sal foi utilizado em muitos ritos relacionados com o nascimento, o casamento e a morte, bem como na medicina.

Escreveu Joshua Trachtenberg: "Muitas vezes sal e pão foram prescritos em conjunto para derrotar os estratagemas de espíritos e magos".

- Assassinos comiam pão e sal logo após haverem cometido um crime, para evitar o retorno dos espíritos de suas vítimas para se vingar sobre eles.
- Era uma prática comum trazer sal e pão a uma nova casa antes da mudança, geralmente explicado como um símbolo de esperança de que comida nunca iria faltar lá, e provavelmente também como ferramenta para proteger a casa contra os espíritos.

- O Zohar revela que o sal tem o poder de anular julgamentos, trazendo tudo sobre o que é colocado ao pilar central, ao equilíbrio.
- É tradição cabalista tomar banho de sal grosso sempre na véspera de Kidush Levaná, o ritual de Santificação da Lua Nova, também chamado de Rosh Chodesh.
- Traçar ao redor de si um círculo de sal é criar uma proteção contra os demônios durante um ritual de exorcismo.
- Demônios não cruzam portas e janelas que tenham sido seladas com sal.
- Como o sal é incorruptível, evita demônios e protege contra a magia negra. Um antigo escritor disse: "bruxas e feiticeiros, como seu mestre, o diabo, abominam o sal".
- Se uma pessoa encontra seu caminho bloqueado por assaltantes, deve agarrar apressadamente um punhado de sal ou terra, sussurrar um encantamento sobre ele, e arremessá-lo na direção de seus agressores, tornando-os impotentes para prejudicá-lo.

Dean e Sam, juntamente com o tio Bobby, usam o sal constantemente para limitar a ação dos demônios, e isto saiu da tradição hebraica e do Zohar Sagrado.

Sigilo Yoacha Kalach

O escudo de David

No episódio 16 da quarta temporada de *Supernatural*, Dean é obrigado por Uriel e Castiel a torturar o demônio Alasteair, que fora "atado" a uma armadilha que Castiel disse ser enoquiana, criada com a utilização do escudo de David, também chamado de estrela de David.

Seria apenas liberdade artística ou haveria um poder místico e *Supernatural* no escudo de David? Vejamos:

A estrela de David, cujo verdadeiro nome em hebraico é *Magen David* (מגן דוד), e em iídiche, *Mogein Dovid*, é um símbolo geralmente reconhecido da identidade judaica e do judaísmo. Sua forma é a de uma estrela de seis pontas, composta de dois triângulos equiláteros. O hexagrama, como também é conhecido, tem sido usado como símbolo do judaísmo desde o século XVII, com precedentes nos séculos XIV e XVI na Europa Central, onde o escudo de David foi parcialmente utilizado em conjunto com o selo de Salomão (a estrela de seis pontas) em bandeiras judias. Seu uso provavelmente deriva da época medieval (séculos XI a XIII) quando os judeus o utilizavam na confecção de amuletos de proteção, as *segulot*, termo hebraico plural de *segulá*, cujo significado é "remédio".

O termo "escudo de David" é também usado no *Siddur*, o livro de orações judaicas, como um título do Deus de Israel.

Escudo de David refere-se à proteção divina do antigo rei David e a restauração antecipada de sua casa dinástica, talvez baseada no Salmo

18, que é atribuído a David, e na qual Deus é comparado a um escudo (versos 31 e 36). O termo ocorre no final da bênção "Samchainu" (Alegremo-nos), que é recitada após a leitura da porção Haftara em Shabat e feriados bíblicos.

O termo *Magen* (מגן) forma-se pelas iniciais dos nomes de três arcanjos (príncipes celestes), que são "Micaël, Gavriël e Nuriël", e forma um escudo ao redor daqueles que os invocam. Outros dois arcanjos fazem parte do escudo, Rafae e Shechinatël. Todos juntos criam uma proteção perfeita sobre o indivíduo.

Um escudo de David foi observado em uma lápide judaica em Taranto, Apúlia, no sul da Itália, que pode datar do terceiro século da era cristã. Os judeus de Apúlia foram notáveis no estudo da Cabala, que tem sido ligada ao uso da estrela de Davi.

Grimórios medievais cabalísticos demonstram hexagramas entre as tabelas de *segulot*, mas sem identificá-los como escudo de David.

No período da Renascença, durante o século XVI, em Israel, o livro *Ets há'Chaim* (Árvore das Vidas), do Rabi Chaim Vital, que transmite a Cabala do Ari (Rabi Isaac Luria), ensina como organizar os itens tradicionais no prato do sêder para a Páscoa em dois triângulos, que explicitamente correspondem a conceitos místicos cabalísticos. Os *sefirot*, as seis esferas masculinas de masculino de Zeir Anpin (A pequena face), correspondem aos seis itens no prato do sêder, enquanto a sétima *sefirá*, que é Malkhut e é feminina, corresponde ao próprio prato em si.

No entanto, esses triângulos sêder apresentam-se em paralelo, um por cima do outro, e, na verdade, não formam um hexágono [14].

A estrela de David, pelo menos desde o século XX, permanece associada ao número sete e, portanto, com a menorá (o candelabro de sete luzes), e em relatos populares é associada com as seis direções do espaço mais o centro descrito no *Sefer Yetzirah* (*O livro da formação*), que são acima, abaixo, leste, oeste, sul, norte e centro, ou as seis *sefirot* do homem (Zeir Anpin), unidas com a sétima *sefirá* que é a mulher (Nukva). Alguns dizem que um triângulo representa a tribo de Judá e o outro, a tribo de Benjamim. Ela também é vista como um *dalet* e um *yud*, as duas letras hebraicas atribuídas a Judá. Há 12 *vavim* (letras *vav*, a sexta do alfabeto) ou homens, que representam as 12 tribos ou patriarcas de

Israel. A *Magen* tem seis lados e, portanto, invoca diretamente os 72 nomes de Deus ou 72 Anjos (12 x 6 = 72).

A *Magen* é uma poderosa ferramenta de proteção, e, sim, é um limitador para os *shedim*, *dibbukim* e até mesmo para os anjos, criando uma proteção divina ao redor do iniciado.

Ativando a Magen

Cinco bênçãos são recitadas para invocar os arcanjos do escudo de David e ganhar proteção contra forças demoníacas e angélicas.

Primeiro, desenhe o escudo de David no chão e coloque-se no centro. Em seguida, recite as seguintes bênçãos:

1) "E disse: Se ouvires atentamente a voz do Eterno, teu Deus, e o que é reto aos Seus olhos praticares, e escutares Seus mandamentos, e guardares todos os Seus estatutos, toda a enfermidade[1] que enviei aos egípcios, não porei sobre ti; pois eu sou o Eterno que te cura. E o Eterno disse ao satã: 'que o Eterno te repreenda, ó, satã, repreenda-te o Eterno, que escolheu Jerusalém, certamente não é ele, Josué, o sumo sacerdote, como um tição salvo do fogo?'[2] Eis a cama de Salomão:[3] 60 valentes (anjos) estão ao redor dela, dos valentes de Israel; todos armados de espadas, instruídos na arte da guerra; cada um com sua espada embainhada junto à coxa, por causa dos temores noturnos".
2) "O Eterno te abençoe e te guarde. Faça resplandecer o Eterno o Seu rosto sobre ti, e te agracie. Tenha o Eterno misericórdia de ti, e ponha em ti a paz" (3x).
3) "Eis que não descuida nem dorme o Guardião de Israel. Eis que não descuida nem dorme o Guardião de Israel. Eis que não descuida nem dorme o Guardião de Israel".

---

1 Anjos e demônios encarregados de punir os homens.

2 Da punição do *Gehinon*.

3 O escudo de David.

4) "Por Tua salvação espero, oh Eterno! Espero, oh Eterno, por Tua salvação! Oh Eterno, por Tua salvação eu espero!"
5) "Em Nome do Eterno, Deus de Israel: à minha direita Micaël, à minha esquerda Gabriël, à minha frente Uriël, à minha retaguarda Refaël e sobre a minha cabeça paira a Presença Divina (3x)".

"Você sabe, eu não tenho estado aqui desde a Polônia em 1943. A verdade é que eu odeio isso. Está frio. Nenhum fedor de sangue ou chiado de carne ou a aba molhada da pele esfolada. Eu não sei como você suporta isso. "

" – Alastair para Ruby in Heaven and Hell

O golem

Na oitava temporada de *Supernatural*, no episódio 12, que começa durante a Segunda Guerra Mundial, uma criatura sobrenatural surge assassinando os feiticeiros nazistas da Ordem Thule, a mesma que levou ao poder Adolf Hitler.

Quase 70 anos depois, Dean e Sam se veem às voltas com a mesma criatura e descobrem que ela é um golem. Mas o que é um golem? E, golens existem mesmo?

O golem, talvez a mais conhecida das lendas judaicas, é um replicante, um humanoide, geralmente masculino, criado como o resultado de meditações intensas, sistemáticas, extremamente místicas. A palavra golem significa (ou implica) algo disforme e imperfeito, ou um corpo sem alma. A palavra aparece uma vez na Bíblia, no Salmo 139:15-16.

טו לֹא-נִכְחַד עָצְמִי, מִמֶּךָּ:
אֲשֶׁר-עֻשֵּׂיתִי בַסֵּתֶר; רֻקַּמְתִּי, בְּתַחְתִּיּוֹת אָרֶץ.
טז גָּלְמִי, רָאוּ עֵינֶיךָ, וְעַל-סִפְרְךָ, כֻּלָּם יִכָּתֵבוּ:
יָמִים יֻצָּרוּ; ולא (וְלוֹ) אֶחָד בָּהֶם.
יז וְלִי--מַה-יָּקְרוּ רֵעֶיךָ אֵל; מֶה עָצְמוּ, רָאשֵׁיהֶם.

Na maioria das histórias sobre o golem, a criatura, animada pelo Nome Divino, continua a crescer até que perca sua utilidade prática ou torne-se perigoso mantê-lo ativo. Em algumas histórias, ele é simplesmente abandonado à própria sorte. Nestes casos, a moral está razoavelmente clara: somente Deus deve decidir seu destino.

Uma vez animado, o golem não possui nenhuma qualidade espiritual, porque não tem uma alma humana. Foi-lhe dado *nefesh*, a "respiração dos ossos" ou "alma animal", a força básica da vida, mas não possui nada mais elevado. Não lhe é dado um nome. Não é considerado um ser humano, nem há qualquer preocupação com seu bem-estar ou expressão de tristeza quando de sua "desativação".

Isso não é crueldade, nem tampouco indiferença: o golem é simplesmente uma coisa animada, como um robô, sem vida ou desejos reais próprios.

O golem é um assunto vasto na tradição judaica, tendo sido escritos livros inteiros acerca do assunto. Somente uma vista geral breve é tratada aqui; o leitor tem abaixo as referências utilizadas neste estudo para mais informações.

A criação de um golem por Rabbi Abba ben Rabi Hamma ("Rava") é gravada primeiramente no Talmude babilônico (quarto século d.e.c.). Rava afirmou: "Se desejassem corretamente, poderiam criar um mundo, porque está escrito: 'suas iniquidades são uma barreira entre você e Deus.'" "Rava criou um golem e o enviou a Rabbi Zeira. O rabi falou com o 'homem', mas este não lhe respondeu. Então Zeira disse: 'Você me dá pena. Retorne à sua poeira'" (Sanhedrin 65b).

O Talmude menciona esse episódio superficialmente, durante uma discussão sobre outros tópicos. Aos sábios talmudistas, a criação de um golem não era particularmente notável. Qualquer um que conseguisse meditar suficientemente poderia executá-lo.

De acordo com a tradição, muitos outros rabis e sábios criaram também golens humanos e animais, tais como os Rabis Channina e Hoshia, Ben Sira, os 11 irmãos de Yossef e o patriarca Abrahão. Mas certamente o mais famoso golem é o criado por Rabi Yehudah Levi ben Betzalel, de Praga (na antiga Tchecoslováquia), conhecido como "o Maharal".

O Maharal criou seu golem, chamado "Yossele", para ajudar a livrar os judeus de Praga da "calúnia do sangue", que era uma mentira disseminada, afirmando que os judeus usavam o sangue de uma criança cristã durante o sêder de Pessach. Este boato malicioso foi divulgado frequentemente para explicar o desaparecimento de uma criança e, não raro, uma criança cristã morta ou assassinada era "plantada" em um lar judaico por um sacerdote que então "descobrisse" esta criança e conduzisse às massas uma onda de assassinatos através dos guetos, de forma que propriedades judaicas poderiam ser confiscadas para a igreja. Muitas histórias são ditas sobre "o golem de Praga."

O Maharal "desativou" Yossele após este ter cumprido sua finalidade, trancafiando seu corpo no sótão da Sinagoga Antiga-Nova de Praga. "O Maharal redigiu um decreto proibindo que qualquer um entrasse no sótão da Sinagoga Antiga-Nova. Acredita-se que o corpo de Yossele descansa lá até hoje. A Sinagoga Antiga-Nova" sobreviveu milagrosamente à destruição das sinagogas pelos nazistas, e seu sótão não foi invadido nem mesmo pela Gestapo.

A velha nova sinagoga de Praga

Criando um golem

Como se faz realmente um golem? Rashi (século X) comenta no Talmude que Rava fez seu golem por meio do *Livro da Formação* (*Sefer ha'Yetzirah*). Todas as fontes concordam que esta é a fórmula do golem.

O *Sefer Yetzirah* é um texto antigo pertencente ao *corpus* da cabala. O *livro da formação* é um dos remanescentes dos livros secretos hebraicos, um dos mais antigos, e está ligado à literatura dos santuários e da carruagem, é uma das colunas secretas sobre a qual se baseia a cabala

ספר היצירה

Sefer há'Yetzirah em hebraico

O tempo da escrita remonta a 4.000 anos e, segundo a tradição, é uma obra de Abraão – O Patriarca.

Abraão declara ter descoberto o ato da criação de forma secreta e por isso teme, pois revela muitas coisas secretas na Torá.

O texto inicia com as palavras: "Em 32 caminhos maravilhosos da sabedoria legislou YAH ADONAI dos Exércitos, o Deus de Israel, o Deus vivo e Rei do Universo, Deus Misericordioso e Gracioso que se assenta para sempre, Santo é o seu nome e o seu universo."

Os 32 caminhos são as 10 *sefirot* da Árvore das Vidas e 22 letras do *alef beith*.

O autor declara que através dessas contagens, criou Deus o Universo, e, quando descobriu este segredo, Abraão compreendeu o segredo da fé.

"Porque Abraão nosso pai viu e investigou e legislou, esculpiu, gravou, acrescentou e criou subindo com suas mãos, foi-lhe descoberto ao Senhor de Tudo que o assentou em seu interior, o abraçou e beijou sua cabeça, chamou-o Seu Amado e o chamou pelo nome, e fez com ele um pacto para ele e sua descendência para sempre, e como foi dito, e creu no Senhor, e isto lhe foi imputado como justiça".

Sigilo da paz

No episódio 12 da oitava temporada, este golem é criado pela resistência judaica para matar os nazistas, os principais líderes do 3º Reich, mas isto teria algum de fundo verdadeiro? Sim, há muito ouve-se nos bastidores judaicos que um golem teria sido visto em meados de 1939. Sua missão, não se sabe, mas pode ser imaginada...

Hitler

A reencarnação do demônio

Em 1943, quando Gumprecht obteve um fragmento da Arca da Aliança (*Aron há'Berit*), Hitler ordenou que ele enviasse para a Alemanha. No entanto, o plano foi frustrado por uma mulher de letras chamada Delphine Seydoux, que pegou o fragmento e usou seu poder para matar Gumprecht. Em 1945, quando os soviéticos estavam se aproximando de sua localização, Hitler decidiu cometer suicídio para evitar a captura. Sua esposa, Eva Braun, já havia mordido uma cápsula de cianureto e se matado. No entanto, quando ele estava prestes a puxar o gatilho, o comandante Nauhaus sugeriu que havia outro jeito. Usando o conhecimento adquirido da Sociedade Thule[1], Nauhaus conseguiu salvar a alma de Hitler, colocando-a em um relógio de bolso. No entanto, o relógio desapareceu depois que os agentes da Thule que transferiam o relógio foram mortos pelos soviéticos. O relógio acabaria com uma família russa, antes de se mudar para a China e o Peru, antes de chegar a Columbus, Ohio, em 2016.

---

[1] A Sociedade Thule (em alemão: *Thule-Gesellschaft*), originalmente *Studiengruppe für germanisches Altertum* ("Grupo de Estudo para a Antiguidade Alemã") foi uma sociedade secreta ocultista e *völkisch* de Munique, fundado por Adam Alfred Rudolf Glauer, Barão de Sebottendorff, cujo nome era uma referência ao país místico da lenda grega. A sociedade é notável principalmente pela organização que patrocinou o Deutsche Arbeiterpartei (DAP), que posteriormente foi transformado por Adolf Hitler no Partido Nacional Socialista Alemão dos Trabalhadores (Partido Nazista).

Na 12ª temporada, os Thules rastreiam o relógio de bolso que contém a alma de Hitler para Columbus, Ohio e a recuperam. A fim de ressuscitar Hitler usando um feitiço, os Thules sequestram sua descendente, Ellie Grant, apesar da interferência dos Winchesters e, usando uma transfusão do sangue de Ellie, ressuscitam Hitler no corpo do líder Thule. Após a ressurreição, Hitler age altamente errático antes de ordenar que o sangue de Ellie seja drenado. Os Thule capturam os Winchesters e Hitler encontra-se com eles. Enquanto isso, Ellie se liberta de suas restrições e mata Hans com a arma de Sam. Dean então pega uma arma e mata os outros dois Thules antes de virar a arma contra Hitler, deixando-o implorar por misericórdia. Dean atira em Hitler na cabeça, matando-o mais uma vez. Depois, os Winchesters e Ellie queimam os corpos de Hitler e dos Thules, impedindo que eles sejam ressuscitados novamente. Dean fica muito divertido com o fato de que ele matou Hitler, fato em que ninguém nunca vai acreditar se ele contar[2].

Quem era Hitler? Ele era de fato um ser humano? A criptologia é a ciência que pode nos revelar mistérios e fornecer evidências. Para responder essa pergunta, façamos de conta que estamos na Alemanha nazista dos anos 1930 e 1940, e que Hitler ainda esteja vivo. Perguntamos então "quem é Hitler". Em hebraico a pergunta seria "*Mi Hitler* (מי היטלר)?". Para encontrar a resposta à nossa pergunta, vamos eleger uma ferramenta para análise criptográfica e aplicá-la à questão. Para este caso, escolhi a gematria, que é o cálculo do valor numérico das letras hebraicas que o formam. Foi esta ferramenta que deu a Pitágoras a base para a criação de sua numerologia pitagórica.

Mi Hitler (מי היטלר) resulta no valor 304, e o que este número nos revela? O 304 é escrito com duas letras hebraicas que são *shin* (ש) e Dalet (ד), e que juntas formam o termo "Shéd (שד)", cujo significado é "demônio". O número 304 é também a gematria da palavra *Rotzêach* (רוצח)", cujo significado é "assassino".

Quem era Hitler? A resposta é "demônio & assassino". Adolf Hitler não era um ser humano. Sua alma era a alma de um demônio chamado

2 Fonte: http://supernatural.wikia.com/wiki/Adolf_Hitler com adendos do autor.

Haman. E o que é um demônio? Quando as letras *shin* e *dalet* recebem a aplicação de outra ferramenta de análise criptográfica, a *temurah*, elas se tornam *dalet shin*, que são as iniciais de *dalet satan* (דלת שטן), cujo significado é "A porta do satã" ou "A passagem do mal". Quando aplicamos *temurah* à palavra *dalet* (דלת), ela se torna *toled* (תלד), que significa "nascimento ou geração", e agora *dalet satan* se transforma em *Toled Satan* ou *toled shéd*, "nascimento do demônio" ou "geração do satã". Este era o segredo de Adolf Hitler. Ele não era um ser humano.

Em 2015 fui convidado por um sombrio grupo antissemita que desejava ressucitar a Sociedade Thule no Brasil. Eles acreditavam que eu não mais era judeu e para eles, ter um "ex-judeu" traria muita força à "Thule Brasil". Claro, não aceitei e, como homem de letras que sou, tratei de conjurar alguns anjos usando alguns sigilos para frustar a tentativa de ressurreição da Sociedade Thule.

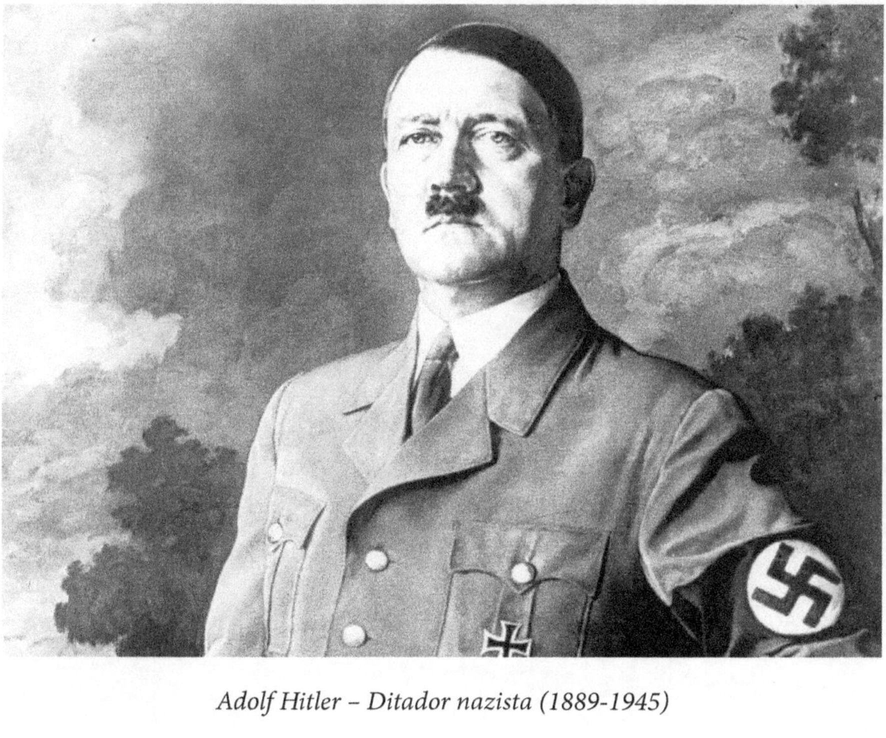

Adolf Hitler – Ditador nazista (1889-1945)

Sigilo de Raziel em Passage du Fleuve

O Midrash & os demônios

"Até os demônios são mais inteligentes do que aqueles que lhes servem como peões".

BËN MÄHREN QADËSH

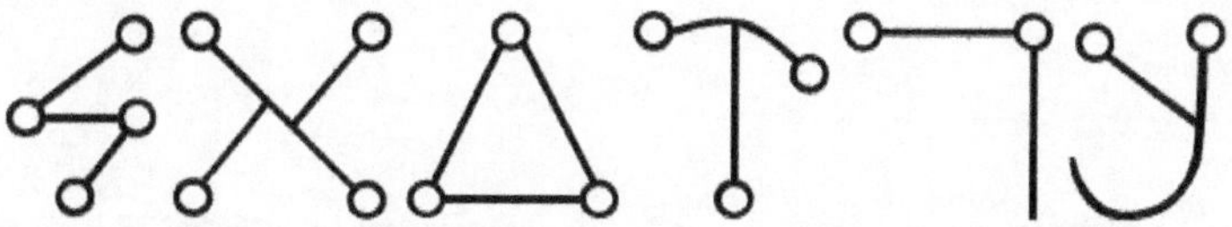

Sigilo Tzadkiel em angélico

"Para os Shayateen (demônios) os de mente fraca (baixo nível de compreensão) são apenas carne e ossos. Mas aqueles que alcançam compreensão elevada (um mais alto nível de entendimento), eles o temem". (Do filme Jinn)

Bën Mähren Qadësh

Sigilo Michael em Passage du Fleuve

"E não são apenas os demônios no interior de si mesmo que temem o Sábio, mas também os demônios do mundo antigo, escondidos em ruínas templárias humanas. Eu o reconheci, o meu perseguidor, o dibbuk do olho fechado, o mago Bila'am, escondido num templo novo, mas ele não conseguiu me provocar danos...".

Bën Mähren Qadësh

Sigilo Rafael em Passage du Fleuve

"Duas coisas me metem medo neste mundo: religiosos fanáticos e demônios vestidos como humanos".

Bën Mähren Qadësh

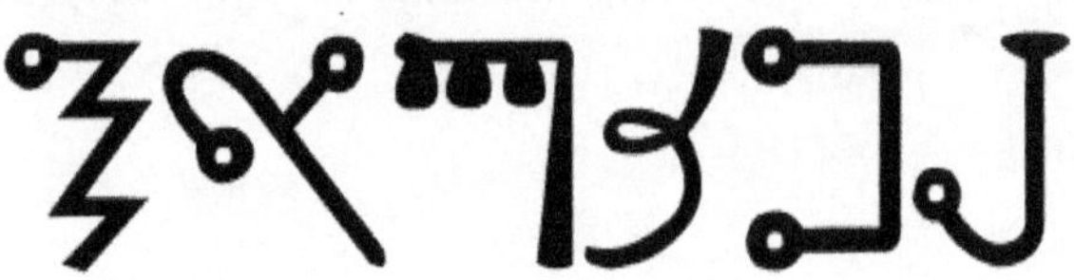

Sigilo Gabriel em Passage du Fleuve

Bênçãos e maldições

Aprendemos que certas pessoas são preparadas para certas coisas. Há pessoas que são preparadas, ou seja, habilitadas para alcançar bênçãos, enquanto outras estão habilitadas para maldições. Bilam, o mago, que era a parte negativa do coração de Moisés, estava pronto para o mal, mas não habilitado para o bem; e, mesmo quando ele abençoou, suas bênçãos não foram cumpridas, mas suas maldições sempre prevaleceram. Havia um homem que era reconhecidamente apto para ser o único a levar o bode "expiatório" para Azazel, na montanha, e empurrá-lo como oferta para o demônio.

Aprofundando-nos, aqui, aprendemos que nem todos podem alcançar ou receber bênção, e assim, do mesmo modo, outros não podem receber maldições. Assim, também aprendemos que nem todo que se diz "Abençoador (algum eloquente líder religioso)" pode abençoar, e que todas as palavras que saem de sua boca são maldições, mesmo quando disfarçadas com bondade, porque ele é um membro da Erev Rabi (multidão mista dos filhos da serpente) e não é bom se aproximar dele.[1]

---

1 Excerto do Zohar com explicações minhas.

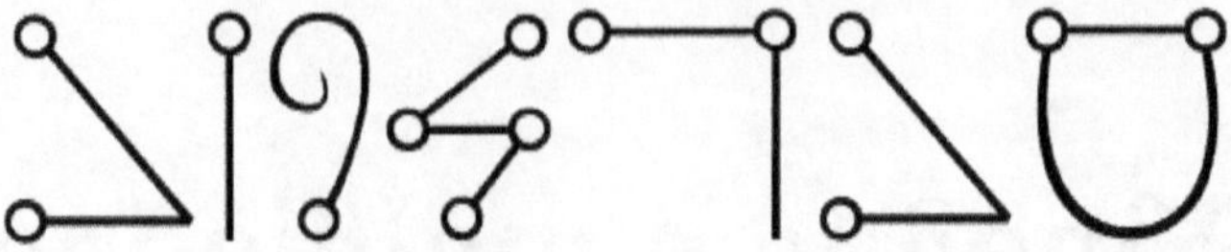

Sigilo do anjo Sandalfon

"Esta é uma época esplendorosa, na qual até mesmo demônios podem ser iluminados e transformados em anjos e, no entanto, ainda existem mentes que insistem em transformar anjos em demônios".

Bën Mähren Qadësh

Na birkat cohanim (bênção sacerdotal), encontramos a palavra **וישמרך** *(ve'ishmerêcha), cuja tradução é "e te guarde" e serve como escudo contra uma lesão que possa ser causada por demônios -.*

Midrash Numeros Rabba 11.

"O nonagésimo primeiro salmo (Tehilim 91) foi composto por Moisés como uma espécie de talismã ou de proteção contra os demônios a quem temia, quando estava prestes a subir o Monte Sinai, com a colocação de um obstáculo em seu caminho".

"Agras, filha de Machlas, é o nome de um demônio feminino que comanda um grande número de associados ou assistentes, e há um grande demônio cujo nome é **קטב** *(Kative), em hebraico 'Seta'. O Salmista faz alusão a isso quando diz: 'nem seta que voa de dia' (Sl 91).... Este terrível demônio tem um poder excepcional entre as seis primeiras e as últimas nove horas do dia. Seu poder não*

é maior nem na sombra, nem no sol, mas na condição entre sol e sombra. Sua fisionomia é descrita da seguinte forma: cabeça semelhante à de um bezerro, um chifre saindo de sua testa na forma de uma botija ou um jarro. Ninguém poderá contemplá-lo, homem ou animal, pois, se o fizer, cairá morto de uma vez, e vários exemplos são dados de homens que ao vê-lo caíram mortos imediatamente. Midrash Números Rabba 12. – E agora chega... Achavam que Supernatural era fantasia, não é?"

"Com o canto do galo anunciando de madrugada que o dia se aproxima, o poder dos demônios diminui, o seu poder em grande parte é confinado a unicamente à noite (após a meia-noite). Midrash Levitico Rabba 5 – Isso, permaneçam para fora da mezuzah após a meia noite, madrugada afora pelos bares da cidade, não reclamem depois quando forem prejudicados pelo que nem saberão (explicação minha). Amigos de verdade são aqueles que trazem bons conselhos e não os que te conduzem para ser prejudicado (adendo meu, também). É, vampiros existem: "A alukah (vampiro) tem duas filhas... (presas)".

PROVÉRBIOS 30:15".

"Quatro coisas foram alteradas a partir de sua condição anterior no tempo de Enosh, filho de Seth: a montanhas tornaram-se tão duras como pedra, os cadáveres do homem começaram a apodrecer, o que não acontecia anteriormente; o homem foi degenerado em macaco e os demônios começaram a ter poder ou domínio sobre o homem, do qual eles foram privados antes que a imagem de Deus no homem fosse prejudicada. Midrash Bereshit Rabba 23".

Os espíritos de demônios foram criados na véspera do sexto dia, antes que seus corpos fossem formados, no sábado, em conjunto, quando foi proclamado resto, e sua formação não foi consumada.

GENESIS RABBA 7

Após Caim matar Abel, Adão separou-se de sua esposa durante 130 anos, tempo durante o qual Adão emitiu demônios masculinos e demônios femininos.

GENESIS RABBA 20

Eva, como a mãe de todos os viventes, foi também a mãe dos demônios.

Genesis Rabba 20

De Adão até Enos o homem manteve a imagem de Deus, então o homem foi modelado à imagem de demônios.

Genesis Rabba 24

Noé levou demônios dentro da Arca e, assim, preservou a sua espécie.

Genesis Rabba 31

Um demônio chamado Shamdon foi com Noé plantar a vinha e fez um acordo com ele (Noé): não interferir de modo algum com o seu trabalho, ou ele iria prejudicá-lo.

Genesis Rabba 36

Os demônios também são conhecidos como os "Cabeludos",[1] como o profeta os descreveu.[2]

Genesis Rabba 65

*As espadas flamejantes giratórias foram colocadas à entrada do Jardim do Éden através da "agência de demônios". A palavra "Lahat (**להט**) significa "calor intenso que causa radição visível", bem como "chamas". E, quando nos é dito que os magos de Faraó imitaram o desempenho de Moisés na criação de milagres, é usada a palavra "belatihem" (**בלטיהם**) que significa que eles fizeram milagres através da agência de demônios.*

Êxodo Rabba 9

Como os magos de Faraó trabalharam bem na imitação dos milagres de Moisés através de demônios, eles não foram capazes de imi-

---

[1] Hebraico "*Se'irim*".

[2] Isaías 13:21.

tar a terceira praga,[3] *uma vez que os demônios não podem trazer qualquer coisa menor do que um grão de cevada.*

Êxodo Rabba 10

Homens sábios podem ganhar poder sobre os demônios e subjugá-los de várias maneiras, como fez o rei Salomão antes de sua queda, antes de ele ser desencaminhado por mulheres estrangeiras.[4] *Depois de sua queda, embora parcialmente restaurada a sua grandeza, ele não só tinha perdido seu poder sobre os demônios, mas estava em terror e com medo deles, portanto, ele tinha necessidade de 60 homens poderosos para cercar e guardar a sua cama.*[5]

Números Rabba 11

Não é tão pequeno um espaço como um quintal sobre o qual não existam milhares de demônios prontos para ferir o homem, mas uma espécie de máscara ou espesso véu é colocada diante de seus rostos, o que tende a escurecer a visão, de modo que eles não podem olhar claramente para o homem e, portanto, prejudicá-lo. Quando, porém, o homem pratica um crime, a imagem de Deus sobre ele é reduzida (ou eliminada), e isso tem o efeito de diminuir o véu que cobre a visão dos demônios, para que eles, em seguida, tenham o poder de ferir o homem meramente olhando para ele.

Deuteronômio Rabba 4

Arginutin é o nome do demônio que tem domínio sobre locais de banho (banheiros).

Genesis Rabba 63

Demônios não poderiam existir na Terra, enquanto o Tabernáculo permanecia.

Números Rabba 12

---

[3] Piolhos.

[4] Estranhas à tradição da Torá.

[5] Cânticos dos Cânticos 3:7.

O homem está acima de tudo – até mesmo sobre os demônios que ele possa ter domínio – mas quando ele cai (pelo pecado), o domínio é dado aos demônios sobre ele.

NÚMEROS RABBA 11

Uma mulher enviou, certa vez, seu filho para buscar uma vela. Durante seu caminho, um demônio conhecido estava prestes a infligir dano a ele, quando um galo cantou, anunciando a alvorada que se aproximava. O demônio não só desistiu de sua intenção perniciosa, mas também disse à criança para informar sua mãe do fato de que, se não fosse pelo final da madrugada, ele não teria voltado para contar o ocorrido.

LEVITICOS RABA 5

Que nenhum homem despreze as bondades[6] *de Deus; elas foram a sabedoria de Salomão, e a sua salvaguarda, mas, assim que ele colocou a sua atenção sobre elas, o terror se tornou a sua herança, e ele estava aterrorizado pelo medo dos demônios.*

ÊXODO RABBA 30

Os homens da Torre de Babel foram divididos em três seções em seu trabalho e foram punidos com três punições diferentes. Uma seção se tornou demônios, outra teve sua linguagem confundida, e a terceira foi "lançada sobre o mar".

MIDRASH SALMOS 1

Quando Esaú é denominado o "homem peludo/cabeludo",[7] *isso indica que ele era um demônio. O nome de certos demônios é Se'irim (cabeludos).*

GENESIS RABBA 65

Que os demônios em si não gozam de imunidade por lesões causadas por outros demônios, a seguinte história irá ilustrar isso. Rabi-

---

[6] Hebraico "Chessedim" (חסדים), cuja raiz é Chessed (חסד), e contém o segredo dos 72 Nomes (*Shem ha' Meforash*) Divinos.

[7] Alusão aos Sátiros.

no Abba ben Dowsa recebeu uma benfeitoria, quando foi abordado por um demônio, que solicitou sua ajuda e de seus alunos para repelir o ataque de um demônio mais feroz contra ele. O demônio sugeriu que o rabino e seus discípulos precisariam cumprir os preceitos da Torá no local, ou seja, fazer boas ações, e quando o demônio que o queria ferir fizesse sua aparição o seu adversário iria dizer-lhe: "Veja o bem que estes fizeram aqui. Eles estão esperando para tirar sua vida e ele se tornaria tão intimidado que seria morto com facilidade. E assim aconteceu realmente.

Midrash Salmos 20

O que se segue é um exemplo de onde um demônio presta excelente serviço à comunidade judaica. Diokletiano, quando pequeno, cuidava de uma manada de porcos, e sempre era invariavelmente perseguido por crianças judias, que nunca perdiam a oportunidade de lançar pedras contra ele. Quando ele se elevou e se tornou rei, estava decidido a ter vingança sobre os rabinos, que, supunha, eram aquelas crianças que o haviam perseguido quando ele era pequeno. enviou-lhes uma carta numa noite de sexta-feira, convocando-os a comparecer perante ele na manhã seguinte, sabendo que a mensagem não iria alcançá-los a tempo de permitir-lhes fazer a preparação para sua viagem e aparição diante do rei. O Rabino Samuel, filho de Nachmon, se reuniu ao rabino Judá Hanasi na casa de banho, e viu que ele estava muito triste, e foi informado da convocação repentina do rei hostil.

Enquanto eles conversavam, Arginutin, o demônio que tem domínio sobre a casa de banho, estava dançando diante deles. Rabino Judah Hanasi não estava em um estado de espírito para dançar e estava prestes a repreendê-lo, mas foi impedido por seu colega Rabi Samuel de fazê-lo. O próprio Rabino Samuel se dirigiu a Arginutin, dizendo-lhe que havia problemas na comunidade. O demônio assegurou-lhes de que tudo estaria bem com eles e não precisavam se entristecer durante a shabat.

Quando a shabat estava para terminar, Arginutin tomou os rabinos e os transportou, colocando-os no portão do palácio do rei.

Quando este último foi informado das suas presenças, ordenou que os portões fossem fechados para impedir que os visitantes entrassem, para depois alegar que eles estavam lá, em tempo útil, mas tinham que esperar a permissão do rei, e com o portão fechado o demônio colocou os rabinos para dentro. Quando o rei foi informado deste fato surpreendente, concluiu que milagres foram realizados por eles, e quando eles vieram diante dele sua ira foi suavizada consideravelmente. Em vez de lidar duramente com eles, começou a conversar sobre tempos antigos, perguntando como eles costumavam tratá-lo com tanto desprezo. Eles responderam, "Diokletiano, o guardador de porcos, foi tratado com indiferença, mas para Diokletiano o grande rei não pode haver nada, somente o maior respeito". O rei dispensou-os com uma leve repreenssão.

GENESIS RABBA 63

Demônios ofereceram seus serviços ao rei Salomão na construção do templo.

CÂNTICO DOS CÂNTICOS RABBA 1

O devorador de pecados

Um devorador[1] de pecados é uma pessoa que, através de uma refeição ritual, assume os pecados de uma família, muitas vezes por causa de uma morte recente, assim absolvendo a alma do falecido e permitindo que a pessoa descanse em paz.

Embora a figura do devorador de pecados tenha tido várias referências na cultura moderna, as questões comuns de como a prática era realizada, em que regiões do mundo era mais comum e quais as interações entre os devoradores de pecado, as pessoas comuns e autoridades eclesiásticas, permanecem em grande parte desconhecidas.

Jesus de Nazaré foi interpretado como um arquétipo universal do devorador de pecados, oferecendo a sua vida para expiar ou purificar toda a humanidade de seus pecados.

John Bagford (1650-1716) inclui a seguinte descrição do ritual praticado por um devorador de pecados em sua carta sobre a Coletânea Leland:

> *"O aviso foi dado a um senhor de idade que estava diante da porta da casa, quando alguns da família saíram e forneceram-lhe um pequeno banco de madeira sobre o qual ele se sentou de frente para a porta; em seguida, deram-lhe alguma coisa que ele colocou no bolso, um pedaço de*

[1] Fonte: Wikipédia, com adendos do autor.

pão que ele comeu, e uma taça de cerveja que ele bebeu. Depois disso, ele se levantou do banco e pronunciou o descanso da alma do falecido, pelo qual ele iria penhorar sua própria alma".

Uma lenda local em Shropshire, Inglaterra, refere-se ao túmulo de Richard Munslow, que morreu em 1906 e sobre quem disseram ser o último devorador de pecados da região:
"Ao comer o pão e beber cerveja, e fazer um breve discurso ao lado da sepultura, o devorador de pecados tomou sobre si os pecados do falecido, penhorando sua própria alma em troca do descanso da alma do morto".

O livro *1926 óbitos*, por Bertram S. Puckle, menciona um devorador de pecados:

"Professor Evans do Colégio Presbiteriano, Carmarthen, na verdade, viu um devorador de pecados por volta do ano 1825, que estava então vivendo perto de Llanwenog, Cardiganshire. Abominado pelos moradores supersticiosos como uma coisa imunda, o devorador de pecados desligou-se de todas as relações sociais com seus semelhantes por causa da vida que havia escolhido; ele viveu em um lugar remoto, e quem teve a chance de conhecê-lo evitou-o como se ele fosse um leproso. Este infeliz foi conspirado a ser o adjunto de espíritos malignos, e, dado a feiticeiro e profano, somente quando uma morte ocorria eles o procuravam, e quando seu propósito era cumprido eles queimavam a tigela de madeira e o prato a no qual ele tinha comido o alimento entregue a ele, ou colocado sobre o cadáver para seu consumo".

Howlett menciona o devorador de pecados como uma velha tradição em Hereford, e assim descreve a prática:

"O cadáver sendo levado para fora da casa, um pedaço de pão foi dado ao devorador de pecados, colocado sobre o cadáver, e também uma caneca cheia de cerveja. O devorador, tendo consumido o pão e tomado a cerveja, uma taxa de seis pences foi-lhe dada por consideração de ele ter

tomado sobre si os pecados do falecido, que assim, livre, não teria que vagar após a morte".

A *1911 Enciclopédia* Britânica inicia, em seu artigo sobre "Devoradores de pecado":

"A sobrevivência simbólica dele (devorador de pecados) foi testemunhada recentemente, em 1893, em Market Drayton, Shropshire. Depois de um serviço preparatório realizado sobre o caixão, dentro da casa, uma mulher derramou uma taça de vinho para cada portador (que iria carregar o caixão) e entregou uma a ele, o devorador de pecados, com um pedaço de pão.

Na Alta Baviera, o devorador de pecados ainda sobrevive: um 'bolo de cadáver' era colocado sobre o peito do morto e depois comido pelo parente mais próximo, enquanto na península balcânica uma imagem pequena feita de pão do falecido era comida pelos sobreviventes da família. Os 'bolos de cadáver' holandeses marcados com as iniciais do falecido, introduzidos na América no século 17, foram por muito tempo dados aos atendentes em funerais na velha Nova York. Os bolos de cadáver que ainda são feitos em partes da Inglaterra rural, por exemplo, Lincolnshire e Cumberland, são quase certamente uma relíquia do devorador de pecados.

Abrindo o mistério

O segredo do devorador de pecados é a reencarnação. A *nefesh* (Alma) do falecido entrava no pão e era então absorvida pelo Devorador de pecados, assim como o seu conhecimento.

"Pão e sal ingeridos de um corpo, os pecados de um homem consumidos por outro". (Citação do filme "O Devorador de Pecados")

Por que o pão era colocado junto ao coração? Eis o seu segredo: "De acordo com o Likutei Amarim Tania, a alma mora no ventrículo esquerdo do coração, onde há sangue. Diz o Tania: "O domicílio da alma animal (*nefesh ha'bahamit*), que é derivada da *qlipá noga* (casca brilhante) em todo o judeu, é no coração, no ventrículo esquerdo, que é cheio de sangue. E está escrito: 'Pois o sangue é a *nefesh* (Levítico 17:11)'".(Likutei Amarim 9)

A assinatura da alma

A alma está no sangue:– "Porque a *nefesh* (alma) está no sangue (כִּי נֶפֶשׁ הַבָּשָׂר בַּדָּם הִוא)" – Vaikrá (Levítico) 17: 11. Como a alma está no sangue, ela produz uma assinatura de acordo com sua origem e raiz, e o que se tornou sábio reconhecerá este segredo.

O segredo está no valor da glicose e na contagem de plaquetas que vão ajudar a identificar a alma. Eis a mimha experiência:

O meu nome civil é Paulo (**פאולו**), e o valor numerológico do meu nome é 123. Minha alma tem raiz na alma do sábio Chaim Vital (**חיים ויטל**), cujo nome possui o mesmo valor numerológico, que é 123. Como Chaim Vital, eu também fui visitado (e ainda sou) pelo Profeta Eliahu. Em hebraico *Eliahu Ha'Navi Bô* (**אליהו הנביא בא**) – "Veio o Profeta Elias", possui a gematria (valor numerológico) igual a 123. Cento e vinte e três (123) é também a gematria de *Nés Ahavá* (**נס אהבה**) – "Milagre do Amor" e mais outros segredos. Abaixo o meu teste de glicose realizado na manhã de 23 de outubro de 2017 (123 mg/dl). Nada acontece por acaso e a assinatura do Divino está em toda Sua criação.[2]

"Pois, quanto à alma de toda a carne, o seu sangue é uma e a mesma coisa com a sua alma... (כִּי־נֶפֶשׁ כָּל־בָּשָׂר דָּמוֹ בְנַפְשׁוֹ הוּא)" – Vaykrá (Levíticos) 17 versículo 14.

O Rabino Chaim Vital (**חיים ויטל**) nasceu em Safed, Norte de Israel, em 23 de outubro de 1542 (1º de Heshvan, 5303). A gematria (numerologia cabalística) é 123.

Este valor no glicosímetro e o valor da minha glicemia no dia 23 de outubro de 2017 são exatamente o mesmo valor que acusou no mesmo

[2] Escrito e postado no Facebook, em 13 de março de 2017.

dia no ano passado, quando publiquei o artigo "O Grande Segredo do Rabino Chaim Vital".

Este foi um segredo que o Divino me ensinou no dia 16 de dezembro de 2003: ler a assinatura da alma no sangue é que revela a sua identidade.

O anjo Castiel

O Rabino Chaim Vital (1542-1620) foi talvez o único que tenha escrito no seu livro "das visões" uma menção ao anjo Castiel, e, portanto, quando o li, sabia que Castiel não era uma ficção, mas verdadeiramente um anjo, que está agora na mencionada pele do Rabi Chaim, nos dias da Era messiânica. Eis a menção do mestre:

> *"Agora, venha comigo para uma caverna dos Tzaddiqim (Justos), a fim de saber o que vai ser no futuro. Ele me levou para uma particular caverna dos Tzaddiqim desde o período do início dos Tannaim. Era um edifício muito antigo e bonito, feito de grandes pedras sobre as lápides, como a caverna de Hillel e Shammai. Eu vi esculpido em uma grande pedra sobre um túmulo o nome Castiel..."*

Relato do Rabbi Chaim Vital sobre um sonho no qual seu Mestre, o Santo Cabalista Isaac Luria, o instruiu no ano de 1574. Isto foi 432 anos antes que a série Supernatural fosse criada, em 2005. O futuro que o Arizal contou ao Rabbi Chaim Vital é agora, no qual o nome Castiel emergiu para ser conhecido pelo mundo inteiro.[1]

---

[1] Fonte: *Sêfer ha'Chazion'Ot* (*O livro das visões*), do Rabino Chaim Vital.

מיכאל ואתה יהוה מגן בעדי כבודי ומרים ראשי גבריאל
המלאך נוריאל
אריאל
מגן אברהם
המלאך רפאל
מיכאל ואתה יהוה מגן בעדי כבודי ומרים ראשי גבריאל

מיכאל ואתה יהוה מגן בעדי כבודי ומרים ראשי גבריאל
המלאך נוריאל
רפאל
מגן אברהם
המלאך רפאל
מיכאל ואתה יהוה מגן בעדי כבודי ומרים ראשי גבריאל

מיכאל ואתה יהוה מגן בעדי כבודי ומרים ראשי גבריאל
המלאך נוריאל
גבריאל
מגן אברהם
המלאך רפאל
מיכאל ואתה יהוה מגן בעדי כבודי ומרים ראשי גבריאל

מיכאל ואתה יהוה מגן בעדי כבודי ומרים ראשי גבריאל
המלאך נוריאל
מיכאל
מגן אברהם
המלאך רפאל
מיכאל ואתה יהוה מגן בעדי כבודי ומרים ראשי גבריאל

מיכאל ואתה יהוה מגן בעדי כבודי ומרים ראשי גבריאל
המלאך נוריאל
נוריאל
מגן אברהם
המלאך רפאל
מיכאל ואתה יהוה מגן בעדי כבודי ומרים ראשי גבריאל

Girush Shedim

Exorcismo[1]

O exorcismo (*Girush Shedim*) é uma cerimônia ou processo destinado a eliminar a influência nociva de um demônio que penetrou no corpo de uma pessoa, o corpo de um animal, uma estrutura ou um objeto.

Em várias religiões existe uma tradição de exorcismo. No cristianismo católico há uma versão acordada, formalizada, que aparece nos livros de oração, do processo de expulsão. Na antiguidade, quando uma pessoa sofria de loucura ou mesmo de uma personalidade dividida, eles pensavam que ela tinha sido possuída. O padre viria e tentaria remover o demônio. A deportação do peito é realizada por vários meios, como várias chamadas, água benta, fumaça (especialmente fumar uma mistura de ervas).

Os atos do exorcismo são mencionados no antigo livro de Tuvia. Muitos anos depois, Yosifon fala de um judeu chamado Elazar, que realizou um exorcismo perante o imperador romano Vespasiano. Entre os pergaminhos de Qumran estavam orações pelo exorcismo. Jesus também estava envolvido no exorcismo, como mencionado em vários lugares nos pergaminhos antigos. Nos tempos antigos, muitas doenças, especialmente doenças mentais, foram atribuídas, ao demônio e à obsessão,

---

[1] Fonte: Wikipédia. Em hebraico mesclado com os conhecimentos e a experiência do autor.

que entravam no corpo humano, e o processo de exorcismo fazia parte do processo de cura do paciente. No Talmude e na literatura do Midrash fala-se das condições de como lidar com exorcismo, como o Rabino Hanina ben Dosa, Rabi Shimon Bar Yochai, o Rabino Yossi e muito outros.

No judaísmo, os demônios também foram expulsos através do uso de nomes sagrados e sopro de *shofar*. Costumes diferentes são comuns entre os judeus observantes modernos, por exemplo, quando um copo é quebrado pelo noivo sob o *chuppah*, alguns dos quais reivindicam originar-se como um ato de exclusão demoníaca.

O costume de usar *hena* também é reivindicado como sendo originado por um costume destinado a remover demônios. As cerimônias de exorcismo são comuns hoje principalmente entre imigrantes do Marrocos e da Etiópia. Entre os judeus da Europa Oriental, a expulsão dos demônios é muitas vezes chamada de "remoção de uma obsessão". Segundo esse ponto de vista, é a alma de uma pessoa pecadora que não foi limpa no inferno e, para encontrar o resto, ela entra no corpo de uma pessoa viva e causa grande sofrimento. Existe uma grande semelhança entre cerimônias de exorcismo e cerimônias para a remoção de *dybbuks*.

Quem trata da prática do exorcismo é chamado *Baal Shem* (Mestre do Nome"). Entre as autoridades haláquicas, as pessoas que se opuseram à criação de fumo com o propósito de exorcismo foram encontradas com base na proibição da idolatria (Divrei Melchiel 5:19). Existe uma diferença entre a impureza (*tumá*) e o exorcismo.

O idioma usado no ritual

Demônios romanos somente podem ser expulsos pelo idioma pelo qual foram criados, e, neste caso, todo ritual de exorcismo deverá ser realizado em latim ou, então, não terá efeito.

No caso dos demônios judaicos, todo o ritual deverá ser realizado em hebraico, pois os demônios e também os anjos não compreendem o aramaico.

Se os demônios forem siríacos, o ritual deve ser realizado em siríaco, e, se forem árabes, em árabe.

Punição no túmulo

Fique longe de cemitérios, pois coisas muito sinistras acontecem escondidas do alcance dos olhos. Há um tipo de punição que acontece à pessoa quando seu corpo é colocado no túmulo, chamada *Chibut há'kever* (punição no túmulo). Segue aqui uma exposição deste sinistro mistério:

"Até chegarem ao cemitério, todos os mortos gritam em fúria em seus lugares, dizendo: 'Ai, ai, deste que está enterrado entre nós'. E por que eles gritam isto? Porque suas ações e fala o precederam no túmulo e permanecem sobre esse corpo. Seu espírito vai, vagueia e lamenta sobre o corpo. Assim que uma pessoa está coberta em seu túmulo, o anjo *Dumah* se apressa em vir com três tribunais sob sua jurisdição designados para a punição no túmulo. Três bastões de fogo estão em suas mãos, e o espírito está sendo julgado junto com o corpo. Ai daquele castigo e ai de suas ações".

Então, esses três tribunais, ou seja, três anjos, preparam a terra ao redor do corpo e o espancam para libertá-lo das cascas do mal que ainda estão presas a ele.

Assim, coisas muito sinistras acontecem dentro dos muros de um cemitério, e é sempre bom ter cuidado ao passar próximo a algum. Almas furiosas permanecem junto ao corpo, muitas delas cheias de vingança, e, se uma pessoa não possuir méritos espirituais, estas almas podem se lançar sobre ela para destruir a sua vida.

O Zohar continua sua exposição sobre o que acontece ao corpo de uma pessoa depois de sepultada:

"Após três dias" na sepultura, as entranhas da pessoa lançam sobre seu rosto toda sua imundície, gritando: 'Toma para ti o que nos deste tu, que te á empanturrado, enquanto o pobre permanecia faminto!'. Do terceiro ao décimo terceiro dia da morte, os vários membros do corpo são castigados pelos pecados cometidos. E a alma é julgada ao mesmo tempo que o corpo, permanecendo na terra durante o primeiro mês. Então, a alma se eleva e o corpo se torna pó até o tempo em que Deus ressuscitará os mortos".

Fantasma na estrada

Morte traumática

No episódio 16 da segunda temporada, Sam e Dean enfrentam o fantasma furioso que ataca viajantes na estrada. Pode parecer apenas ficção mística, mas não é! Estes tipos de espíritos existem mesmo.

O Zohar nos ensina: "Venha e veja, na hora em que o ser humano está para deixar este mundo, ele eleva os olhos e vê o anjo da morte que se encontra diante dele com sua espada desembainhada em sua mão, o destruidor e responsável pela quebra desse ser humano, e não há para a alma algo tão duro como a separação do corpo".

Isso nos é informado porque, no tempo em que a alma passa aqui, vestida no corpo, e que são aproximadamente 70 anos, ela desenvolve uma "paixão", um "amor" pelo corpo, e, portanto, esta separação é muito dolorosa.

Se a morte é "natural", esta separação deverá ocorrer em até 11 meses, ou enquanto houver matéria orgânica que não tenha ainda sido consumida no processo de decomposição do corpo.

Quando a morte não é esperada, ocorre repentinamente, sem aviso, isto é para a alma um choque e acabará por criar um trauma.

Há um verso nos *Cânticos de Salomão* que nos revela o que acontece com a alma quando da morte sem aviso:

> *"Levantar-me-ei, pois, e rodearei a cidade; pelas ruas e pelas praças buscarei aquele a quem ama a minha alma; busquei-o, e não o achei. Acharam-me os guardas, que rondavam pela cidade; eu lhes perguntei: Vistes aquele a quem ama a minha alma?"*
>
> (Cânticos de Salomão 3: 2 & 3)

Esses versos dizem respeito à busca da alma pelo seu amado, o corpo, quando ele é separado dela repentinamente. Esta é também a razão e um dos motivos por que ouvimos histórias de "almas penadas", vagando por aí.

Mas, não termina aqui: o que acontece com a alma quando ela reencontra o seu amado? Outro verso nos ajudará a elucidar esta questão:

> *"Apartando-me eu um pouco deles (os guardas), logo achei aquele a quem ama a minha alma; agarrei-me a ele, e não o larguei..."*
>
> (Cânticos 3: 4)

Este verso elucida então a busca da alma pelo corpo quando da separação. O livro bíblico *Cântico dos Cânticos* é um dos cinco livros, chamados de *Chamesh Meguilot*[1] (cinco pergaminhos), que escondem os segredos da reencarnação. O livro de Esther, por exemplo, está repleto de códigos sobre Hitler e o 3º Reich.

Outra questão é que a alma não deve ver o seu amado ser "destruído", pois isto lhe causará danos que serão levados para outra "roda" (encarnação), como, por exemplo, ver o corpo ser "cremado", ou despedaçado e jogado aos urubus, como acontece em algumas tradições, e esta é também a razão esotérica do verso:

[1] O termo *Meguilót* (plural de *Meguilá*) vem da raiz do termo *Guilgul* (roda) e alude à reencarnação. Os cinco "pergaminhos" são: Esther, Cânticos dos Cânticos, Ruth, Lamentações e Eclesiastes.

"Porque tu és pó e ao pó deverás retornar".

(Livro do Gênesis 3: 19)

Sobre a "cremação" há outro segredo sobre o qual falarei quando revelar os segredos do nazismo, no meu próximo livro, *Ressurgindo dos escombros do 3º Reich*, que revelará ao leitor o motivo por que os corpos dos judeus assassinados em campos de concentração eram cremados.

Há também, no Zohar, outro mistério que é dito sobre a *nefesh* (alma animal) e o que ocorre com ela quando o corpo falece. O Zohar: "Enquanto o corpo se decompõe no túmulo e se reduz a pó, a *nefesh* (alma animal) fica com ele e percorre este mundo, indo aqui e acolá entre os vivos, inquirindo das suas penas e intercedendo em seu favor, se for necessário...". Isto é quando a pessoa viveu uma vida justa e praticou bons atos adquirindo méritos neste mundo. "Venha e veja, na hora em que o ser humano está por ir para aquele mundo e ele está adoecido, vêm até ele três enviados, e ele vê o que o ser humano não pode ver enquanto está neste mundo. E esse dia é o dia do "JULGAMENTO" superior, quando o Rei Santo pede o depósito d'Ele. Afortunado é o ser humano que devolve o depósito (a alma divina) como Ele o entregou. Se esse depósito se sujou (ou foi impurificado) com a sujeira do corpo, então, o que dirá para o dono do depósito?" (Zohar Emor). "Eleva os seus olhos e vê o anjo da morte que se encontra diante dele com sua espada desembainhada em sua mão, o destruidor e responsável pela quebra desse ser humano, e não há para a alma algo tão duro como a sua separação do corpo. E todo o tempo em que o corpo não é enterrado, a alma não sobe diante do Sagrado, bendito seja Ele" (Zohar Emor). E quando a alma é separada do corpo, ela declara: "Levantar-me-ei, pois, e rodearei a cidade; pelas ruas e pelas praças buscarei aquele a quem ama a minha alma; busquei-o, e não o achei (Shir ha"Shirim 3:2)". Eu recomendo assistirem ao filme *Passageiros (Passengers)*, que fala deste mistério.

"Logo você vai saber que não se deve mexer com os mortos!"

Azazel – *Supernatural*,
episódio 22, 2ª temporada

O outro lado da cortina

No episódio "Acerto de Contas",[1] quanto mais se aproxima do dia da sua morte Dean vê cada vez mais o outro lado da cortina, o mundo espiritual. Seria verdade? Uma pessoa que está para morrer vê o mundo espiritual?

O Zohar diz: "A pessoa levanta os olhos e vê, primeiramente as paredes de sua casa radiantes com fogo. Ao mesmo tempo, ele o vê, cheio de olhos, vestido com fogo ardente, parado em frente a ele. E nós, os outros que ficam aqui, não notamos sua presença, certamente é assim. A prova é que algumas pessoas veem um anjo no mercado que está diante delas, mas o restante não o percebe".

Frequentemente vemos em *Supernatural*, anjos e demônios vestidos com corpos físicos e mais uma vez a série é verdadeira. O Zohar diz:

> "Quando o anjo desce para a Terra, ele está vestido com um corpo físico e é visto por quem precisa perceber com aquela roupa que ele vestiu. Se ele não se colocar nesta roupagem, as pessoas não poderiam aguentar sua verdadeira aparência. Com esta veste humana o anjo da morte aparece para aqueles que terão suas almas arrancadas do corpo".

---

[1] Capítulo 16 da 3ª temporada.

A espada do anjo da morte

Em *Supernatural*, Sam e Dean precisam de armas especiais para matar anjos e demônios, mas o próprio anjo da morte tem sua arma. No Zohar, encontramos o seguinte relato:

"Há três gotas na espada, como os amigos já explicaram. Quando a pessoa o vê, todo o seu corpo e espírito tremem, e seu coração não descansa. Então, seu espírito viaja pelos seus órgãos como um homem que se retira da casa de seu amigo para ir a outra residência. Ele então declara: 'Ai, o que eu fiz?' Mas de nada adianta e de nada lhe é útil, a menos que ele se cure com os poderes de arrependimento antes que o momento da sua morte chegue".

Uma vez que ele morreu pelo veneno destilado pela espada do anjo da morte, é perigoso, para os demais membros da casa e sua família, até mesmo beberem a água da casa, e toda ela deve ser purificada e é por esta razão também que ninguém deve se alimentar de comidas oferecidas durante o velório do morto.

O anjo da morte

Sobre a morte é isto que *Supernatural* nos apresenta: "A morte, também conhecida como cavaleiro pálido e anjo da morte, era o membro mais antigo e poderoso dos quatro cavaleiros do Apocalipse, e uma antiga entidade primordial de imenso poder. Tendo existido desde o início dos tempos ao lado de Deus, a morte é tão antiga que não pode lembrar quem é mais velho: ela mesma ou Deus. Durante os dias do Apocalipse, a morte foi obrigada a obedecer a Lúcifer e esperava que os Winchester o encontrassem. A morte, então, de bom grado, deu a Dean seu *anel* para parar Lúcifer e aprisioná-lo de volta na gaiola. Depois que o arcanjo caído[2] foi derrotado, Dean alcançou a morte e ofereceu para dar aos cavaleiros pálidos seu anel de volta em troca de tirar a alma de Sam da gaiola".[3]

[2] Samael/Lúcifer.

[3] Fonte: *Supernatural* Wiki.

Do Zohar extraímos os segredos sobre o anel da morte, que nos mostra que a morte, sim, existe desde o princípio da Criação:

"Quando Ele desejou criar o mundo, todas as letras vieram antes d'Ele em sequência, do último ao primeiro. A letra *Tav* viu-se apta a sair primeiro. Ela disse, Mestre do mundo, que seja o favor de Você para criar o mundo comigo, porque eu sou o selo de Seu anel, que é *emet* (verdade), significando que eu sou a última letra na palavra *Emet*. E como você é chamado pelo nome da verdade, então seria mais apropriado para o Rei começar com a letra *Tav*, e criar o mundo por mim. O Santo, abençoado seja ele, disse: você é digno e merecedor, mas você não é adequado para o mundo ser criado por você. Você está destinado a servir de marca nas frentes dos fiéis, que manteve a lei da Torá de *Aleph* para *Tav*, mas quando você aparecer, eles morrerão. Não só isso, mas você é o selo da palavra morte, significando que *tav* é a última letra na palavra *mavet* e por isso não é adequado para mim para criar o mundo com você. Então, *Tav* deixou Sua presença imediatamente".

Em outro trecho do Zohar, estudamos sobre a morte e seus poderes sobre a humanidade. A morte estava "solta":

"Enquanto estudavam a Torá, a luz do dia raiou. Eles se levantaram e compareceram diante do Rabino Shimon Bar Yochai. Quando ele os viu, o Rabino Shimon disse:

'Elazar, meu filho, você e os amigos, permaneçam escondidos[4] durante esses três dias e não saiam, porque o anjo da morte está na cidade e tem permissão para causar danos, e ele pode destruir quem aparecer diante dele'".

A única forma de se proteger da morte é estudando a Torá e mantendo um certo pergaminho secreto[5] junto de si e no batente direito de quem entra na casa, fixado no umbral da porta.

O Zohar revela que, quando o anjo da morte quer destruir uma pessoa, ele se eleva e comparece diante de Deus, conforme está escrito no livro de Jó:

[4] Estudando a Torá. Salmos 91:1.

[5] Mezuzá.

A letra Tav, o selo da morte, em um sigilo cabalista

"E veio o dia em que os filhos de Deus vieram apresentar-se perante Adonai, veio também o satã entre eles, apresentar-se perante o Sagrado. Então o Santo disse a satã: 'Donde vens?'. E respondeu satanás ao Divino: 'De rodear a terra, e passear por ela'. E disse o Sagrado a satanás: 'Observaste o meu servo Jó? Porque ninguém há na Terra semelhante a ele, homem íntegro e reto, temente a Deus, que se desvia do mal, e que ainda retém a sua sinceridade, *havendo-me tu incitado contra ele*, para o consumir sem causa'. Então satanás respondeu ao Altíssimo, e disse: 'Pele por pele, e tudo quanto o homem tem dará pela sua vida. Porém estende a Tua mão, e toca-lhe nos ossos, e na carne, e verás se não blasfema contra Ti na Tua face!'. E disse o Senhor a Lúcifer: 'Eis que ele está na tua mão; porém guarda a tua vida'. Então saiu satanás da presença do

Senhor, e feriu Jó de úlceras malignas, desde a planta do pé até o alto da cabeça".[6]

Primeiro é preciso explicar que esse dia não é um dia qualquer, como algumas fracas e manipuladas traduções o fazem parecer, mas um dia específico, que é o primeiro dia do mês de Libra no calendário hebraico, que acontece na noite da lua nova de Tshiri, o sétimo mês, quando se celebra o Rosh Hashanah, o ano-novo judaico.

É neste dia que o anjo da morte acusa a pessoa diante de Deus para obter permissão para matar, conforme explica o Zohar:

"Além disso, quando ele, o anjo da morte, quer destruir uma pessoa, se levanta para acusar essa pessoa e repete suas ofensas diante de Deus. Ele exige justiça perante o Santo, abençoado seja Ele, e não sai de diante d'Ele até que a pessoa seja sentenciada, e a permissão seja dada. Então, ele sai e a mata".[7]

O Zohar também revela que o anjo da morte e satã são o mesmo: Lúcifer!

"E então ele tem permissão para matar pessoas. Ele olha os rostos daqueles que surgem diante dele no caminho do cemitério, desde o momento em que eles levam os mortos de suas casas até o local do enterro e depois, até voltarem às suas casas. É por isso que ele causa a morte de alguns homens no mundo antes que o tempo deles tenha chegado. Sobre isto fala o versículo: "mas às vezes a ruína vem sem julgamento" (Mishlei 13:23). Porque ele subiu, acusou e repetiu as ofensas dessa pessoa perante o Santo, abençoado seja Ele, e essa pessoa que foi julgada por essas ofensas morre antes de seu tempo".[8]

Nessa porção, o Zohar aconselha às pessoas que não conhecem os segredos divinos e estão dormindo com relação aos seus pecados, que elas não devem acompanhar um cortejo fúnebre e nem comparecer ao cemitério para que o anjo da morte não tenha oportunidade para matá-la.

O Zohar também oferece um segredo para aqueles que desejavam acompanhar seus entes queridos e comparecer ao seu enterro:

---

[6] Livro de Jó, capítulo 2, versículos 1 a 7.

[7] Zohar, Porção Vayahel.

[8] Zohar, Porção Vayahel.

"Venha e veja, não foi por acaso que os antigos sábios decretaram que um *shofar* fosse soprado quando o falecido fosse tirado de sua casa. Você pode dizer que isso é apenas para honrar os mortos. Mas não. Isto é para proteger os vivos, para que o anjo da morte não tenha poder sobre eles, para acusá-los acima, e para que eles possam evitá-lo".[9]

E, para concluir este capítulo, o Zohar diz que, desde que o destruidor, isto é, o anjo da morte, veio ao mundo, todo aquele que não aprendeu a se proteger dele teve sua vida ceifada e, portanto, é imprescindível que a pessoa aprenda a se guardar do seu caminho.

O poder da mezuzá

Uma mezuzá (hebraico: מְזוּזָה "batente"; plural: מְזוּזוֹת *mezuzot*) compreende um pergaminho chamado *klaf*, contido em um pequeno estojo decorativo e inscrito com versos hebraicos específicos da Torá (Deuteronômio 6: 4-9 e 11:13-21). Esses versículos consistem na oração judaica Shema Yisrael, começando pela frase: "Ouve, Israel, Adonai é nosso Deus, Adonai é um". No judaísmo cabalista, uma mezuzá é afixada no batente direito das portas das casas judaicas para cumprir a *mitzvah* (mandamento bíblico), para "escrever as palavras de Deus nos portões e portas da sua casa" (Deuteronômio 6: 9). Alguns interpretam a lei judaica para se fixar uma mezuzá em todas as portas da casa, exceto os banheiros (que não são um espaço vivo e, de acordo com a sabedoria revelada nesta obra, são habitados pelo demônio Arginutin), lavanderias e armários. O pergaminho *klaf* é preparado por um escriba (*sofer*) qualificado que passou por muitos anos de treinamento meticuloso, e os versos são escritos em tinta preta e indelével com uma caneta especial. O pergaminho é então enrolado e colocado dentro da caixa.

Poucos sabem, mas a palavra hebraica mezuzá tem o poder de afastar a morte, pois é uma palavra composta por *zúz mavet* (זוז מו), que significa "afasta-te, ó morte".

[9] Zohar, Porção Vayahel.

זוז מות

A mezuzá tem a função de um amuleto que repele o mal, os demônios e a morte. De fato, as primeiras fontes rabínicas testemunham explicitamente a crença na função antidemoníaca da mezuzá. Este é o caso, por exemplo, do Talmude Bavlí, tratados Bava Metziya 102a; Pesachim 113b. A análise posterior dos textos bíblicos e rabínicos (entre outros, Deuteronômio 6, 11, Êxodo 12, Mekhilta de-rabbi Ishmael 7,12 e Talmude Bavlí Menachot 33b, 43b) mostra que a mezuzá é interpretada como um dispositivo que protege contra a ira divina. Curiosamente, a crença no poder protetor da mezuzá é predominante nos tempos modernos também. Na década de 1970, depois de uma série de ataques terroristas na cidade de Ma'alot, em Israel, os representantes de Chabad-Lubavitch iniciaram a campanha para a verificação sistemática das *mezuzot*. O pressuposto mais geral subjacente à ação foi que a adesão às *mitzvot* garantiria segurança pessoal. Etapas semelhantes foram realizadas por uma organização do Rabino Bi-zkhut, Shimeon, que recolheu os testemunhos daqueles que experimentaram pessoalmente o extraordinário poder da mezuzá. Algumas declarações falam sobre a influência direta entre o texto bíblico danificado e a essência da calamidade encontrada. Por exemplo: uma mulher sofria de depressão profunda. Um exame das *mezuzot* de sua casa revelou que nas palavras "sua alma" havia uma letra hebraica dividida em duas, o que permitiu uma influência negativa entrar em sua casa e oprimi-la. Finalmente, de acordo com várias pesquisas sociológicas, aproximadamente três quartos dos adultos em Israel acreditam que a mezuzá protege literalmente suas casas.

As palavras na mezuzá são estas: "Amarás, pois, o Senhor teu Deus de todo o teu coração, e de toda a tua alma, e de todas as tuas forças. E estas palavras, que hoje te ordeno, estarão no teu coração; e as ensinarás a teus filhos e delas falarás assentado em tua casa, e andando pelo caminho, e deitando-te e levantando-te. Também as atarás por sinal na tua mão, e te serão por frontais entre os teus olhos. E as escreverás nos umbrais de tua casa, e nas tuas portas".

Em *Supernatural* nós assistimos, constantemente, Sam e Dean fazerem uso de pergaminhos para banir ou derrotar anjos maléficos e demônios.

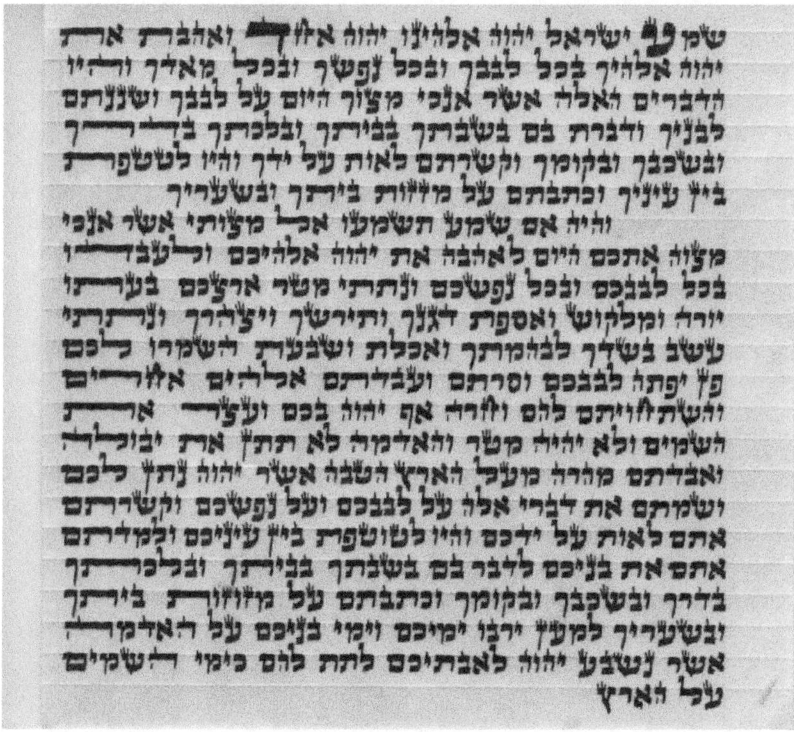
שמע ישראל יהוה אלהינו יהוה אחד ואהבת את
יהוה אלהיך בכל לבבך ובכל נפשך ובכל מאדך והיו
הדברים האלה אשר אנכי מצוך היום על לבבך ושננתם
לבניך ודברת בם בשבתך בביתך ובלכתך בדרך
ובשכבך ובקומך וקשרתם לאות על ידך והיו לטטפת
בין עיניך וכתבתם על מזזות ביתך ובשעריך
והיה אם שמע תשמעו אל מצותי אשר אנכי
מצוה אתכם היום לאהבה את יהוה אלהיכם ולעבדו
בכל לבבכם ובכל נפשכם ונתתי מטר ארצכם בעתו
יורה ומלקוש ואספת דגנך ותירשך ויצהרך ונתתי
עשב בשדך לבהמתך ואכלת ושבעת השמרו לכם
פן יפתה לבבכם וסרתם ועבדתם אלהים אחרים
והשתחויתם להם וחרה אף יהוה בכם ועצר את
השמים ולא יהיה מטר והאדמה לא תתן את יבולה
ואבדתם מהרה מעל הארץ הטבה אשר יהוה נתן לכם
ושמתם את דברי אלה על לבבכם ועל נפשכם וקשרתם
אתם לאות על ידכם והיו לטוטפת בין עיניכם ולמדתם
אתם את בניכם לדבר בם בשבתך בביתך ובלכתך
בדרך ובשכבך ובקומך וכתבתם על מזוזות ביתך
ובשעריך למען ירבו ימיכם וימי בניכם על האדמה
אשר נשבע יהוה לאבתיכם לתת להם כימי השמים
על הארץ

Uma klaf de mezuzá kasher

Certa ocasião, durante uma shabat,[10] precisei realizar um exorcismo em uma jovem que foi possuída por um demônio que a levantou do chão em sua cadeira, que levitava e trepidava violentamente. Desconfiei que havia um problema com a mezuzá fixada na porta de entrada da sinagoga, pois o demônio deveria ter ficado do lado de fora e não entrado com a jovem. Tirei a mezuzá e descobri que realmente estava com

---

[10] Ritual cabalista realizado nas noites de sexta-feita em todas as sinagogas, cabalistas ou não.

defeito, não era *kasher* (escrita por um *sofer* treinado). Nós a havíamos ganho e acabei por verificar que era uma xérox. Troquei e coloquei uma *klaf kasher* e nunca mais algo semelhante aconteceu.

Anjos no espelho

"Você confia em mim, Dean?" "Você sabe o que eu faço", respondeu Dean, sua voz carregando resignação e tristeza. Ele sabia que Cas estava certo. Esta era a única maneira, se ele queria ajudar a salvar seu irmão. Tinha que fazê-lo, mesmo que tudo nele quisesse lutar contra ele. Mas ele confiou em Cas com sua vida e agora iria mostrar-lhe o quão profunda era essa confiança. Dean caiu de joelhos na frente do anjo, curvando a cabeça para a frente, quando estava com o colar extraordinariamente pesado. Os dedos de Castiel acariciaram sua pele quando ele fechou o fecho do sinal da escravidão; o símbolo que deu a vida de Dean à misericórdia do anjo. Dean reprimiu o desejo de fechar os olhos".

Nos tempos áureos da sabedoria da cabala em Safed, a cidade dos cabalistas em Israel, alguns dos mais proeminentes mestres consultavam anjos através de espelhos para lhes inquirir sobre a sabedoria ou descobrir algum segredo ou mistério divino ou, ainda, algo sobre si mesmos. Entre estes estava o mais elevado cabalista que existiu no século XVI: o Rabino Chaim Vital. Segue-se um relato que este místico proeminente teve com um anjo em um espelho:

"No primeiro ano após a morte do Ari, o Rabino Chaim Vital ainda não havia sonhado com seu mestre e, com o tempo, começou a temer que o Ari estava bravo com ele e começou a pensar que era um discípulo indigno. Chaim Vital confidenciou esses seus temores para o Rabino

Yehoshua Albuv. Rabino Yehoshua disse-lhe que conhecia um sigilo sagrado que poderia invocar o anjo Tsadkiel, e que este anjo poderia lhe revelar o motivo da ausência do Ari. Mas esse anjo somente poderia ser visto em um espelho. Rabino Yehoshua ensinou o nome secreto para Chaim Vital. Na semana seguinte, ele jejuou e mergulhou na *mikvah*. Em seguida, no quinto dia de Av, o *yarhzeit*[1] da morte do Ari, Chaim Vital colocou-se diante do espelho a uma certa hora da madrugada e pronunciou o sigilo santo. De repente, uma luz ofuscante surgiu no espelho e Chaim Vital fechou os olhos. Quando ele os abriu, mal foi capaz de olhar para a presença no espelho. Quando seus olhos se adaptaram a essa grande luz, ele reconheceu que era realmente um anjo. O anjo falou primeiro e disse: 'Eu vim ao seu comando. O que é que você deseja saber?' E Chaim Vital respondeu: 'Diga quem você é e qual é o seu papel celestial'. E o anjo disse: 'Meu nome é Tsadkiel, e eu sou o anjo que veste cada alma que entra no Paraíso com uma peça de vestuário de grande pureza, tecida pela noiva de Deus. Eu também fui o rabino de Abraão, o patriarca, e lhe ensinei os Caminhos da Sabedoria, e agora eu estou pronto para revelar a minha Sabedoria para você'. Então Vital pediu ao anjo para ajuda-lo a contatar o Ari no Mundo Vindouro, pois, desde sua morte, o Ari estava em silêncio. Chaim Vital também perguntou a Tsadkiel se ele tinha de alguma forma pecado e, portanto, havia se tornado indigno da presença do Ari em seus sonhos. Em resposta, Tsadkiel disse: 'Saiba que o santo Ari preparou um lugar para você no paraíso, ao lado dele, junto com o Rabino Akiva e Rabi Yohanan ben Zakkai, porque você é um verdadeiro *tzaddik* (justo) aos olhos de Deus, no entanto, há um pecado que faz com que você impeça o Ari de voltar a visitar você no mundo dos sonhos'. E Chaim Vital perguntou: 'Que pecado é esse?' O anjo respondeu: 'Em sua vida, você é perfeito, mas você não tem feito o suficiente para que os outros realmente se arrependam, para fazer a vinda do Messias[2] possível, e até que você aceite o fardo de ser um tsaddik e trazer outros ao arrependimento, o Ari não voltará a visitar você, mas, se você conseguir isso, ele irá guiá-lo em seus sonhos, como ele fez quando estava no mundo'. Então Chaim Vital jurou que iria fazer

[1] Aniversário.

[2] Inauguração da Era Messiânica.

de tudo para tornar os outros conscientes do poder do arrependimento para apressar o fim dos dias, e quando testemunhou este voto, Tsadkiel desapareceu do espelho e se foi. Então, noite e dia Chaim Vital dedicou-se a cumprir o seu voto, e, antes do fim do ano, o Ari começou a visitá-lo em seus sonhos, e mais uma vez se tornou o seu guia".[3]

Até aqui, se você acha que *Supernatural* era apenas uma ficção mística baseada em lendas urbanas, agora sua percepção foi ampliada e você sabe que muito do que há em *Supernatural* é verdadeiro.

Os 72 sigilos do poder

Os 72 Nomes de Deus são 72 sequências de três letras hebraicas que têm o poder de superar as leis da natureza e da natureza humana.

Os 72 Nomes de Deus são uma importante ferramenta, que nos permite acessar todas as formas de energia inteligente que desejamos receber em nossas vidas. Incluem todas as sucessões de consciência de DNA do universo, que provê cura, sucesso, proteção e realização em todos os aspectos da vida. São apenas outros exemplos da rápida conexão que este conhecimento revolucionário chamado cabala nos apresenta e toma conta da consciência da humanidade.

"O Zohar revela que os 72 Nomes de Deus nos dão poder do controle da mente sobre a matéria e que, utilizando este poder, Moisés foi capaz de realizar o milagre da abertura do mar Vermelho. Da mesma forma, podemos utilizar os 72 Nomes de Deus para transcendermos a consciência material, criando nossos próprios milagres".

Os 72 Nomes de Deus são, na verdade, 72 anjos. Até mesmo a ciência afirma que existem forças metafísicas, não materiais ao redor, forças de energia consciente que ignoramos quase que totalmente, mas que influenciam nossas vidas diárias.

No episódio em que o profeta Eliseu faz voltar à vida o filho de Shunamit, ele utilizou os 72 Nomes e os gravou na alma do rapaz que mais tarde se tornou um profeta. Ele recebeu o nome de CHAVAKUK, e as

[3] Extraído de "O Palácio de Gabriel".

letras hebraicas que escrevem este nome somam o valor numérico de 216, porque os 72 Nomes estavam gravados na sua alma.

08 כהת Eliminando o stress	07 אכא DNA da alma	06 ללה Estado de sonhos	05 מהש Cura total	04 עלם Controlando pensamentos	03 סיט Criando milagres	02 ילי Recuperando a Luz	01 והו Túnel do tempo
16 הקם Saindo da depressão	15 הרי Visão de longo alcance	14 מבה Sem arestas	13 יזל Paraíso na Terra	12 ההע Amor incondicional	11 לאו Purificando os lugares	10 אלד Proteção contra mal olhado	09 הזי Influências angelicais
24 חהו Livre dos crimes	23 מלה Compartilhando a chama	22 ייי Banindo a atração fatal	21 נלך Eliminar as pragas	20 פהל Vencendo os vícios	19 לוו Discando Deus	18 כלי Poder da fertilidade	17 לאו Sem ego
32 ושר Memórias	31 לכב Termine o que começou	30 אום Construindo pontes	29 ריי Eliminando o ódio	28 שאה Almas gêmeas	27 ירת Sócia silenciosa	26 האא Ordem a partir do caos	25 נתה Fale o que está pensando
40 ייז Falando as palavras certas	39 רהע Diamantes em estado bruto	38 חעם Criando circuito	37 אני Vendo a grande figura	36 מנד Sem medo	35 כוק Energia sexual	34 להח Esqueça de você mesmo	33 יחו Revelando o lado negro
48 מיה Unidade	47 עשל Dignidade humana	46 ערי Certeza absoluta	45 סאל Poder da prosperidade	44 ילה Adoçando julgamentos	43 וול Mente sobre a matéria	42 מיכ Revelando o oculto	41 ההה Auto estima
56 פוי Dissipando a raiva	55 מבה Pensamento em ação	54 נית Eliminando a morte	53 ננא Dando sem esperar nada em troca	52 עמם Paixão	51 החש Sem culpa	50 דני O suficiente não é suficiente	49 והו Felicidade
64 מחי Revelando o melhor de você	63 ענו Apreciação	62 יהה Pais-mestres não pregadores	61 ומב Poder da água	60 מצר Liberdade	59 הרח Cordão umbilical	58 ייל Seguindo em frente	57 נמם Ouvindo sua alma
72 מום Purificação espiritual	71 היי Universos paralelos	70 יבמ Encontrando a solução no problema	69 ראה Achando o caminho	68 חבו Contatando almas que já partiram	67 איע Grandes expectativas	66 מנק Responsabilidade	65 דמב Temer a Deus

O nome de Deus de 42 letras

São sete sequências de seis letras, correspondentes às iniciais da Oração Ana Be'koach, a mais forte e poderosa do universo e da tradição cabalista, e que promove uma grande limpeza dos canais inferiores da Árvore da Vida. Visualizando estas sequências de letras, geramos uma das mais poderosas formas de energia espiritual disponíveis para um ser humano.

O Zohar nos conta como Deus permutou as primeiras 42 letras do primeiro capítulo da Torá, e através delas deu origem a tudo o que existe no universo. O primeiro sábio cabalista a revelar este segredo foi Nechunia ben Hakana, no século XIII.

O Ana Be'koach é a oração mais poderosa do universo; os Cabalistas revelaram que esta sequência de letras hebraicas circundam os reais poderes da criação.

As sete sentenças do "Nome de 42 Letras" relacionam-se com as sete esferas da Árvore das Vidas, com os sete principais planetas, com os sete dias da semana, com as horas do dia e da noite. O Zohar diz que Deus permutou estas 42 letras e deu origem ao nosso mundo físico.

"Foi gravado no cajado de Moisês Nome Santo, irradiando em todas as direções, iluminado em 42 cores diferentes" (Zohar 1:9a).

Rabi Judah disse em nome do Rabi: "O Nome de Deus de Quarenta e Duas Letras, confiado somente àqueles que são devotos, humildes e, durante seus dias, não se irritam, não se embriagam e não são teimosos. E a pessoa que o sabe não o usa levianamente, observa-o com pureza, é amada acima e reconhecida abaixo, temida pelo homem, e herda dois mundos, este mundo e o mundo vindouro". (Kiddushin 71A).

De acordo com Rabenu Tam, o Nome de Deus de 42 Letras consiste nas primeiras 42 letras da Torá: do **BEIT** de *Bereshit* até o **BEIT** do *bohu* (Bereshit 1:2) (Tosafot, Haggigah 11b, do dorshin do ein de s.v.).

Do *bereshit* (a primeira palavra da Torá) em diante, foi escrito o mistério das letras do Nome de Deus de 42 Letras (Zohar 1:15b): "Quarenta e duas letras do Nome Divino através dos quais os Céus e a Terra foram criados" (Zohar 2:175B).

O Rabis do Talmude considera as letras como os elementos básicos do universo, da mesma maneira como nós pensamos do oxigênio, do nitrogênio, do hidrogênio e do carbono (Rabbi Mitchell Chefitz. HAVURAH, Sul da Flórida).[4]

אבגיתץ

Liberte sua mente...[4]

Mensageiros da luz[5]

A palavra anjo vem do hebraico *malach*, e significa "mensageiro". Os anjos são o veículo pelo qual podemos nos conectar à luz do mundo

[4] Para conhecer mais os segredos do Ana Be'koach leia *Shem há'Meforash* do autor deste livro.

[5] Dos estudos do cabalista Mishael Yehudah HaLevi – *QEHILÁ AISHA HA'OR.*

infinito, uma vez que não podemos fazer isto diretamente, pois senão morreríamos. O Zohar nos diz que os anjos são feitos de sete pacotes de energia.

Os anjos possuem uma sua missão particular. Por exemplo, existem os anjos protetores de cada povo, cuja missão é defender seu povo contra quaisquer acusações no Tribunal Celestial etc. Existem anjos encarregados de cada parte da natureza, como a terra, o mar e o deserto. E outras categorias. Deus criou estes anjos com inteligência superior, e eles reconhecem que são apenas mensageiros, sem poderes autônomos. Cada um conhece seu lugar e não se "empurra" para ocupar um "espaço" melhor ou mais elevado.

מלאך

Anjo em hebraico

Esses anjos podem ser tanto "bons" como "ruins", pois na verdade bom ou mau está na concepção humana – os anjos em si apenas obedecem às ordens que lhes são delegadas – às vezes para trazer uma recompensa, e outras para uma consequência.

Nossos sábios nos contam que, quando Deus se revelou a Seu povo para falar os Dez Mandamentos, os céus se abriram e todos podiam ver o que acontecia lá em cima. Uma das coisas que mais impressionaram o povo foi a perfeita ordem dos anjos.

Existem anjos que são criados pelo ser humano. Sim, cada um de nós cria anjos "bons" ou "ruins" com nossos atos e atitudes. Cada pensamento, fala ou ato bom cria um anjo protetor, que nos defende perante o Tribunal Celestial. Cada pensamento, fala ou ato negativo cria um anjo contrário, que nos acusa no Tribunal Celestial. Estes anjos estão sempre a nosso lado – do lado direito, os anjos da bondade, e do lado esquerdo, os anjos da severidade. Estes anjos não necessariamente são eternos, pois é possível aumentar ou diminuir a quantidade de cada lado conforme a pessoa melhora seu comportamento e se arrepende de qualquer ato negativo (ou o contrário).

Existem também seres espirituais negativos chamados demônios. Estes já são diferentes dos anjos em vários pontos. Também foram originalmente criados por Deus, no último instante do sexto dia da Criação, antes da entrada do Shabat e, portanto, são criaturas "incompletas", por assim dizer. Diferente dos anjos, estes vivem e morrem, procriam e precisam de comida e bebida para existir.

São emissários do Criador, mas sua missão é praticamente só de destruição. Entretanto, encontramos muitas histórias que contam que vieram ajudar e salvar os sábios e os justos.

Ainda sobre Aza e Azael (Azazel) o Zohar nos conta: "Eles eram chamados 'Aza e Azael' e, como nós aprendemos, eles foram assim chamados porque o Santo, bendito seja Ele, os deixou cair da santidade superior.

E eles aparecem aos homens na forma de seres humanos. E como se transformam em seres humanos? Como nós aprendemos, podem transformar-se em todos os tipos, formas e, quando vêm para baixo neste mundo, vestem-se com as roupagens da Terra e fazem-se em forma humana".

Assim eles tomaram forma humana e casaram-se com as filhas de Adão e procriaram filhos que foram os gigantes que houve na Terra (heb., Anakim).

O Zohar revela que, certa vez, Rabino Chya e Rabino Judá, estavam em uma das suas viagens, e encontraram um enorme desfiladeiro em uma montanha, no qual havia ossos que eles reconheceram como sendo humanos. Tomaram um dos ossos, mediram e descobriram, para seu assombro, que possuía 300 pés de comprimento. Este era um osso realmente gigante.

Se alguém desejar saber o tamanho real disto em medidas padrões de hoje, deverá multiplicar 300 por 3,02884 cm, que é a medida de um pé.

Resumindo, os Anakim que existiram na antiguidade eram realmente gigantes.

Ferramentas Cabalísticas[6]

John's Lock-Up

"*Lock-up* de John é um armazém contendo várias ferramentas, equipamentos, caixas de maldição e itens pessoais do caçador de mesmo nome. O armazém é parte do castelo em 42 Rover Hill, em Nova York.

Em algum momento, durante o período de John Winchester como caçador, ele comprou um armazém com o nome de Edgar Cayce e usou o armário como depósito para vários objetos. Isso incluía várias armas, como rifles, espingardas e até minas terrestres. As armas no armário não se limitavam ao tipo convencional, mas também incluíam armas e ferramentas sobrenaturais, como armadilhas do diabo e objetos amaldiçoados. Este armazém era desconhecido até mesmo de seus filhos, Sam e Dean, até que um roubo organizado por Bela Talbot levou-o ao conhecimento dos irmãos. Em contraste, Bobby Singer conhecia o armazém de John e era responsável por criar as caixas de maldição para John[7]."

A fim de que possamos ter maior eficiência na prática das *mitzvot* da Torá e da cabala, o Sagrado, bendito seja Ele, nos proveu de algumas ferramentas importantes para estas finalidades. Ser um cabalista é estar intimamente envolvido no uso destas ferramentas para a prática da sagrada cabala, como: TALIT, TALIT KATAN, TEFILIN, KIPÁ, MEZUZÁ, MENORÁ, MAGUÉN DAVID, SHOFAR, SEFER TEHILIM, LÃ VERMELHA.

O talit

Em hebraico significa "manto". É um xale de orações com os *Tzitzit* em seus quatro cantos, usado pelos cabalistas judeus durante todas as suas orações. Ele é feito geralmente de lã de carneiro, seda ou algodão branco, com listras pretas ou roxas, como lembrança do fio de *TECHE-*

---

6 Dos estudos do cabalista Mishael Yehuda HaLevi – QEHILÁ AISHA HA'OR.

7 Fonte: http://supernatural.wikia.com/wiki/John's_Lock-Up

LET azul que era incluído em suas franjas com a intenção de representar a *SHECHINÁ* (Presença Divina).

Hoje estes fios de *Techelet* não existem mais e, apesar de alguns ligarem a falta deste fio azul à extinção do molusco de onde sua tinta era retirada, o significado verdadeiro é o exílio da Divina Presença e da nação de Israel.

Quando vestimos a *talit*, estamos vestindo a Torá, pois os *tzitzit* (franjas) nos contam este segredo. A palavra *tzitzit* tem o valor em gematria de 600, mas os cinco nós e oito fios de que é composto o *tzitzit* somam 613, que é o número de mandamentos que contém a Torá.

Algumas comunidades ortodoxas proíbem o seu uso às mulheres, mas não há nenhuma proibição bíblica para isto, e a história fala de mulheres que usam não só o *talit*, mas também as demais ferramentas.

Talit katan

Uma versão menor, chamada *talit katan*, também é usada pelos cabalistas durante todo dia por baixo das roupas. Sua função é proteger as pessoas do mau-olhado e dos demônios.

Os tefilin

Em hebraico significa "filactérios", e, em aramaico, "ornamentos". É composto por duas caixinhas feitas de couro de carneiro, contendo as passagens da Torá que compõem a oração *Shemá Israel* (Deut 6:4-9, 11:13-21 e Êxodo 13:1-10). Elas são escritas também em pele de carneiro por um *sofer* (escriba) treinado especialmente para esta função.

Os *tefilin* são presos ao braço esquerdo e à cabeça. Sua função é eliminar a energia de reatividade e nos conectar diretamente ao mundo infinito, sem interferências.

Os *tefilim* são o segredo do sacrifício de Ytzhak, chamado na bíblia de *Akedat Ytzhak* ("O atamento de Ytzhak"), pois Ytzhak é a carruagem de *guevurá* que carrega a energia de julgamento.

O kipá

É uma cobertura para a cabeça feita de tricô ou camurça. Sua função é proteger o *chakra* da cabeça e casar a nossa *OHR MAKIF* (Luz circundante), que se estende a 220 cm do nosso corpo, com a *OHR PENIMÁ* (Luz interior).

Nenhum cabalista entra em uma sinagoga sem antes colocar o seu *kipá* e fazer a lavagem adequada das mãos, chamada *netilat.*

A mezuzá

É uma pequena caixinha que tem dentro um pergaminho todo escrito, feito de pele de carneiro. Contém as mesmas escritas que compõem a oração *SHEMÁ ISRAEL.* Enrolado, é escrito em suas costas o nome divino *SHADDAI.* As letras que escrevem este nome são SHIN, DALET e YUD, que são as iniciais de *SHOMER DALTOT ISRAEL* (o guarda das portas de Israel). O plural de *mezuzá* é *mezuzot*, que é formado das letras que compõem a frase *ZAZ MET* ("foi embora a morte").

A menorá

É um candelabro de ouro de sete braços. Cheio com óleo de oliva, era mantido permanentemente aceso no *Mishkan* (Tabernáculo) no deserto, e posteriormente no templo em Jerusalém. Simboliza a sabedoria divina e também é uma representação da Árvore das Vidas.

Moisés foi comandado a fazê-la, mas não conseguiu, então ele jogou o ouro no fogo e ela se formou de acordo com o modelo que havia visto no mundo superior. O valor numérico da palavra menorá é 301, que é o mesmo da palavra fogo (*esh*).

Os anjos e as almas dos mestres podem ser invocados através de rituais cabalísticos usando a menorá.

Maguén David

A *maguén* David, conhecida também como hexagrama ou estrela de David, é um poderoso símbolo de proteção. O nome *maguén* significa em hebraico "escudo". Este nome é formado por três letras hebraicas "M (m) G (g) e N (N), que são as iniciais dos nomes dos três arcanjos" "Miguel, Gabriel e Nuriel". É usada em amuletos cabalísticos confeccionados pelo "mestre dos amuletos", que é aquele que conhece todos os segredos relacionados aos nomes divinos. A *maguén* aparece pela primeira vez no livro de Raziel.

O shofar

É um instrumento de sopro feito de chifre de carneiro, utilizado em rituais específicos nas sinagogas em dias de conexões importantes, como Rosh Chodesh, Rosh HaShaná e Yom kipur. No mês de Elul, é tocado todos os dias pela manhã.

O *shofar* é utilizado para confundir as forças espirituais negativas para que não interfiram na conexão do povo com o Sagrado, bendito seja Ele, e também para convocar os anjos. A pessoa que toca o *shofar* é chamada de *Baal Tekiá* (mestre do sopro). Não se deve tocar o *shofar* sem saber o que realmente se está fazendo.

Os Tehilim

É o nome hebreu do livro de Salmos, composto na sua maioria pelo nosso amado rei David e muitos outros cabalistas. Poderosa ferramenta metafísica, é utilizado em todas as situações pelos cabalistas. Há grandes segredos codificados nos salmos. O salmo mais conhecido é o 23, que nos conecta com a energia de prosperidade, pois nele há 57 palavras. Cinquenta e sete é o valor da palavra *zan*, que significa PROSPERIDADE. O Salmo 23 também traz segredos sobre a reencarnação.

Os Tehilim são usados em rituais de exorcismo, rituais de cura e também de reencarnação.

A lã vermelha[8]

Uma pessoa possuída pelo mau-olhado carrega consigo o olhar de uma força negativa destrutiva: assim, logo, é chamada "destruidora do mundo", e as outras pessoas deveriam precaver-se contra elas, não se aproximando, para não serem prejudicadas! [Zohar I, p.68b]. A lã vermelha nos proteje das infliências do mau-olhado, de fato e verdadeiramente, pois é o segredo do Nome de 42 letras que emerge da S'fira Guevurá, que é vermelha.

Contra o mau-olhado

O mau-olhado é uma força negativa muito poderosa. Refere-se ao olhar inamistoso e antipático que às vezes nos lançam pessoas ao nosso redor. Olhos invejosos e olhares de maus votos nos afetarão, impedindo-nos de alcançar o pleno potencial em cada área de nossas vidas.

De acordo com a cabala, a necessidade crítica de confrontar o problema das influências negativas não pode ser subestimada. As pessoas que deixam de entender esse conceito, mesmo ativando um escudo protetor através do comportamento positivo e proativo, serão eventuais vítimas. A cabala nos ensina que podemos remover influências negativas que se instalam em nós e, mais importante, que temos o potencial para erradicar a negatividade para sempre! O poder do olho, quando compreendido dentro de uma perspectiva cabalística, transforma-se em um poderoso instrumento de cura, tanto quanto pode ser um canal devastador de destruição.

---

[8] Extraídos dos escritos do Centro de Estudos da Cabala e do Zohar Sagrado.

"Dean, você foi ao inferno, eu comecei o Apocalipse, e nós deveríamos ser possuídos por um arcanjo e o diabo".

Sam Winchester

Unhas e demônios

"Há uma janela nos céus através da qual saem setenta milhões de demônios que prejudicam aqueles que cortam suas unhas e as jogam para serem pisadas pelos seres humanos"

Do Zohar

Esta janela é a constelação *Ofiúco*, também conhecida como Serpentário, e que, de acordo com o Zohar, possui a aparência de uma serpente, o que hoje pode ser confirmado quando examinamos qualquer carta estelar. O segredo é que, Adão possuiu uma "vestimenta" que fora feito de material estelar, conforme o Zohar explica sobre o verso "Haja luzeiros nos céus...". O que sobrou da vestimenta de Adão em nós, após a queda, são nossas unhas. Portanto as unhas estão conectadas ao poder e influência das estrelas. Unhas grandes e sujas atraem e despertam o poder da Sitra Achra (o lado negativo) e fortalecem os demônios que ganham poder para entrar no mundo e prejudicar as pessoas. É por esta razão que bruxos do mal possuem unhas grandes e sujas, pois fortalecem com isto a impureza e ganham controle sobre demônios, os quais são usados para prejudicar o mundo e as pessoas. Cito, como exemplo, Zé do Caixão. Em contrapartida, aqueles que cuidam de suas unhas, mesmo que as mantenham compridas, mas conservam-nas limpas, fortalecem a pureza e atraem a misericórdia e bondade de Deus para o mundo, para si e para as pessoas. Aprendido o mistério, mantenha então limpas as suas unhas.

As mulheres dos cabalistas tinham por costume místico aparar as unhas e as pontas dos cabelos após o período menstrual. Depois de imergir no *mikve* (piscina ritual) e estarem limpas da *nidá*, os restos dessas unhas e pontas dos cabelos eram embrulhadas em um pedaço de pano e colocadas no terreno fora da casa para enganar os demônios, pois eles também desejam as mulheres. Assim, distraídos, eles não interferiam durante a relação intima do casal.

Conclusão

Trabalhei, escrevendo *Supernatural* entre anjos & demônios paulatinamente, desde 2012, quando fui convidado, misteriosamente, pela Roadhouse para participar da Convenção *Supernatural*. Foram cinco anos arando um campo literário esotérico e semeando sementes de luz, mas, um mistério ainda me permanecia indecifrável: a minha própria reencarnação!

Por que eu havia sonhado com Castiel, Sam e Dean e com a revelação de um poderoso sigilo? Em meados de 2013, eu ainda nada sabia sobre mim mesmo, apesar de sentir e notar todas as manifestações místicas, e foi somente quatorze meses depois, em 27 de setembro de 2014, que acordei de um outro sonho com uma voz me dizendo: "Cuidado com a pessoa de um olho só!" Então descobri o segredo do dia 27 de setembro, que é o 270º dia do ano solar e, em gematria é o valor numérico da palavra hebraica *ra* (רע) que significa "perverso, maligno".

Reencontrei o meu próprio adversário, o inimigo da minha alma e de muitas reencarnações, o demônio caolho que desejava me destruir e que foi obrigado a deixar o inferno e reencarnar para me instruir, contra sua própria vontade, sobre os sinais da chegada da Era Messiânica. Eu sou um *hunter*.

Naquela manha de 27 de setembro de 2014, eu também despertei para minha verdadeira identidade, segredo que estava escondido no Nome divino que Castiel apagou do quadro negro no meu sonho. As letras hebraicas de *Elul* (אלול), o nome do mês da minha concepção em 1965, contém as iniciais do mantra do amor eterno em *Cântico dos Cânticos*, de Salomão:

אֲנִי לְדוֹדִי וְדוֹדִי לִי

Ani Le'Dodí Ve'Dodí Lí

A tradução deste versículo é "Eu sou do meu amado e o meu amado é meu" e o seu valor numerológico cabalista é igual a 185, cifra que é a gematria de *Ani Chaim Vital* cuja tradução é "Eu sou Chaim Vital" e esta foi a razão do meu sonho com Castiel, pois já havia sonhado com ele há mais de quatrocentos anos.

אני חיים ויטל

Eu sou Chaim Vital

Sim, eu sou a reencarnação do Rabino Chaim Vital e eu sou um Homem de Letras.

Quanto ao demônio caolho cujo nome você já sabe, deve saber também que ele ainda está solto e pode ser que ele esteja te espreitando. Você pode se proteger do seu olho maligno?

Fim

O autor

Deepaka Sankara Veda, Misha'Ël Há'Levi são os nomes espirituais de Paulo Sergio Batalini e agora também e, após profunda revelação, Bën Mähren Qadësh. Nascido na maternidade do Belenzinho no bairro do Belém (Beith Lechem) em São Paulo, no ano gregoriano de 1966 (5766 no luach hebreu), é músico multi-instrumentista (Trompete e sax, Bateria e Percursão, violões, guitarras, contrabaixo, teclados e piano) escritor e poeta, membro do grupo mundial Poetas Del Mundo e Embaixador Universal da Paz nomeado pelo Circle Universel Des Ambassadeurs De La Paix - Suisse/France em 2018.

Místico hebreu, foi o rabino fundador e presidente da Associação Cabalista Mundial - Gará Kulam Moshav - Grupo Aisha Ha'Or e da Hayk'la Arazuta d'Madvra (A Comunidade Mística do Deserto).

Humanista e pacifista, foi indicado para ser membro dos Poetas Del Mundo pela Embaixadora Universal da Paz, a Dra. Delasniev Daspet Miranda, a qual se refere com muito amor e respeito e que também o indicou para ser nomeado Embaixador Universal da Paz.

Esta obra literária Dedicado estudante e praticante da Torah, recebeu as visitas dos "Maguidim Ha'Sodot Gan Éden (Os Contadores dos Segredos do Jardim do Éden)" em seus sonhos e por Yibur[1], os quais lhe

---

[1] Tipo de reencarnação mencionada secretamente na Torah e explicada no Portão das Reencarnações do Rabino Hayim Vital.

ensinaram profundos segredos da Torah. Misha'Ël/Deepak é conhecido em todo o Brasil, e, também na Europa e Oriente Médio (Israel) continentes nos quais possui muitos alunos.

A partir do ano de 2002, passou a ser também visitado em seus sonhos, por um rabino cabalista falecido em 1955[2], que lhe revelou muitos segredos da Sabedoria Escondida. Este rabino cabalista foi quem contou ao rabino Misha'Ël os profundos mistérios que cercam o Holocausto do Povo Judeu na Europa e os segredos do surgimento do Nazismo e de Hitler. Este conhecimento místico gerou a obra "Amaleq – As Origens Ocultas do Nazismo".

Em Lag Ba'Omer de 5763 (2003) recebeu a visita de seu amado professor, o Santo Ari que lhe revelou um profundo segredo sobre reencarnação. Esta revelação foi a motivação e inspiração para a obra Guilgulim – O Portal Das Reencarnações. Como compositor, é o autor do CD independente "Atiká – Músicas de Mundos Distantes" com 20 faixas todas escritas e executadas por ele mesmo.

Escreveu, narrou e dirigiu o "Documentário Místico "Amalek – As Origens Ocultas do Nazismo", onde revela algumas das causas do "Shoá (Holocausto)" e a verdadeira identidade de Adolf Hitler que lhe foi revelada por seu Mestre Espiritual. O rabi Misha'Ël é um "Guilgul (Reencarnação)" de algumas das almas mais sagradas dos cabalistas antigos.

Em março de 2009, o Rabi Misha'Ël criou o Projeto Qiriát Ha-Zohar (Projeto Leitura do Zohar) com a finalidade de distribuir gratuitamente o Zohar para pessoas carentes e colocar um livro do Zohar Sagrado em cada casa no Brasil. Recebendo a ajuda do Sr. Americo Somermman, da Polar Editorial e o Editor do Livro do Zohar no Brasil, versão compilada pelo Rabi Ariel Bension, que doou 10 exemplares do Zohar para serem distruibuidos. O Projeto ainda continua em andamento.

Um dos mais profundos místicos do século 21 no Brasil, Misha'Ël/ Deepak trabalha incansavelmente para a elevação da humanidade através da Sabedoria, com profundo amor.

---

[2] Yehudá Há'Levi Ashlag, 1886 – 1955.